Histoire d'un livre

Roman historique

Jean–Marc Becquet

Dépôt légal janvier 2019, ISBN : 979-10-94133-39-2

JMB EDITIONS

Prix 9,90 €

« Quelle force que ceci, n'être rien ! N'avoir plus rien à soi, n'avoir plus rien sur soi, c'est la meilleure condition de combat. La chute de ce qui a été la prospérité est la richesse d'un homme. Votre pouvoir et votre richesse sont souvent votre obstacle. Quand cela vous quitte, vous êtes débarrassé, et vous vous sentez libre et maître. Rien ne vous gêne désormais. En vous retirant, on vous a tout donné. Tout est permis à qui tout est défendu. »
« Ce que c'est que l'exil », 1875, Victor Hugo.

« La liberté commence où l'ignorance finit », Victor Hugo.

Préambule.

Histoire d'un crime, Victor Hugo 1877.

Victor Hugo a été élevé par sa mère nantaise, Sophie Trébuchet, dans l'esprit du royalisme. Il se laisse peu à peu convaincre de l'intérêt des idées républicaines. Après le soulèvement de Paris et la révolution de février 1848, où l'on proclame la seconde République, il est nommé maire du 8e arrondissement de Paris. Il est ensuite élu le 4 juin, député de l'Assemblée nationale et siège parmi les conservateurs. La majorité de l'Assemblée vote la disparition des Ateliers nationaux, chargés de fournir du travail aux nombreux chômeurs, symbole de la politique sociale de la révolution de février. Suite à cette décision, des émeutes ouvrières éclatent le 23 juin 1848. Victor Hugo, en tant que maire d'un arrondissement, est chargé par l'Assemblée de rétablir l'ordre. Il commande des troupes face aux barricades. La seconde République réprime dans le sang la révolution. Le nombre d'insurgés tués pendant les combats est estimé entre 3 000 et 5 000 personnes. On dénombre 1 500 fusillés sans jugement. Il y a 25 000 arrestations et 11 000 condamnations à la prison ou à la déportation en Algérie.

Victor Hugo a désapprouvé plus tard la répression sanglante à laquelle il a participé. Il est déçu par les autorités issues de la Révolution de février et les lois répressives que vote l'assemblée conservatrice, qui lui font dire : « *Les hommes qui tiennent le pays depuis février ont d'abord pris l'anarchie pour la liberté ; maintenant ils prennent la liberté pour l'anarchie* ».

Victor Hugo en 1848.

Il soutient la candidature de Louis-Napoléon Bonaparte, à l'élection de la présidence de la République en décembre 1848, pour faire barrage au général Cavaignac, celui qui a réprimé les journées de juin 1848 dans le sang. Il devient ensuite son opposant lorsque celui-ci soutient les lois contre la liberté de la presse. Il s'oppose progressivement à ses anciens amis politiques, dont il réprouve la politique réactionnaire, et siège avec les députés républicains de la gauche.

Lors du coup d'État du 2 décembre 1851 de Louis-Napoléon Bonaparte, Il participe à l'organisation d'une résistance qui échoue. Dans la soirée du 11 décembre, il prend le train pour Bruxelles sous la fausse identité de Jacques Lanvin, ouvrier typographe. Il s'exile alors à Bruxelles, où son bannissement est confirmé par un décret qui touche les anciens représentants à l'Assemblée nationale, qui s'étaient opposés au coup d'État. De Bruxelles, il part pour Jersey. Il condamne vigoureusement le coup d'État et son auteur Napoléon III dans un pamphlet publié en 1852, *Napoléon le Petit*, ainsi que dans *Histoire d'un crime*, écrit rapidement dès les premiers jours de son exil. Il reste cependant inachevé.

En 1877, Victor Hugo le reprend, le corrige, le complète et le publie très rapidement : « *Ce livre est plus qu'actuel, il est urgent, je le publie* ». Il a alors un immense succès, oublié aujourd'hui. Ce roman décrit l'histoire de ce livre et la raison pour laquelle il fut publié 25 ans plus tard.

Paris 23 août 1848.

– J'avais reçu mandat de rétablir l'ordre.

– Pourquoi ?

– J'étais le maire du 8e arrondissement, Monsieur Hetzel[1]. Je croyais que l'anarchie allait s'installer dans les rues de Paris. Je siégeais dans les rangs conservateurs de l'Assemblée nationale. J'ai été élevé dans une famille royaliste. J'ai voulu faire de la politique, avec mes amis conservateurs, dont je partageais alors les idées.

– Pourquoi employer le passé ?

– Je ne crois plus à ceux-ci. Et puis, lors de la proclamation de la République en février, je me suis rapproché des idées républicaines. On a supprimé les ateliers nationaux, privant ainsi de travail et de dignité des ouvriers pauvres qui n'ont que leurs bras pour se nourrir. Pourquoi avoir supprimé cette œuvre sociale ? Les émeutes ont éclaté, car les gens se révoltaient contre la misère. Comme maire, on m'a chargé de rétablir l'ordre. J'ai commandé des troupes face aux barricades. Des femmes, des hommes, même des enfants sont morts. Et puis la

[1] Pierre-Jules Hetzel, éditeur français, fervent républicain, il publiera Baudelaire, Proudhon et plus tard, un jeune écrivain destiné à un grand avenir, Jules Verne. Il devient l'éditeur de Victor Hugo qui vient de quitter les éditions Furne.

répression, comme s'il ne suffisait pas de faire rétablir l'ordre, il a fallu en plus réprimer dans le sang. On a fusillé sans procès, sans jugements, en leur daignant le droit d'être des adversaires politiques. On leur a nié cette reconnaissance. Maintenant on organise des procès, mais toujours avec les mêmes jugements et les mêmes peines, sans possibilité de défense, la prison ou la déportation.

– Vous désapprouvez ?

– Oui, c'est un crime que l'on a commis, que j'ai commis, sans le savoir, sans le vouloir, et sans conscience. Et maintenant, ces lois contre la liberté de la presse ! Ils ont installé le déni de la liberté d'expression, c'est le premier pas vers la dictature. Les hommes, qui ont pris le pouvoir en février contre la royauté, ont pris des décisions pour restaurer la liberté que l'on avait perdue depuis longtemps. J'avais applaudi des deux mains. La République avait garanti du travail pour tous. Elle avait libéralisé la presse, aboli la peine de mort pour les délits politiques, l'esclavage dans les colonies, la prison pour des dettes, les châtiments corporels. Puis ils ont restreint les libertés, car elle pouvait devenir une atteinte à leur pouvoir qu'ils avaient pris eux-mêmes à d'autres.

– Vous avez un projet de livre, Monsieur Hugo ?

– Oui, j'ai le sujet, l'idée générale, un contenu, et même le titre, mais je manque de précisions pour le construire et pour décrire les personnages.

– Quel sera le titre ?

– L'histoire d'un crime, le mien.

Paris 20 mai 1849.

– Oui, Monsieur Hetzel, j'ai soutenu Louis-Napoléon Bonaparte et je l'ai fait savoir !

– Pourquoi avez-vous fait cela ?

– Mon journal « l'Événement » a été fondé en juillet dernier. Je voulais prendre la défense des pauvres, des déshérités. Je souhaitais un journal politique, mais aussi un journal littéraire. J'ai confié la direction à mes deux fils Charles et François-Victor. J'ai soutenu la candidature de Bonaparte pour faire barrage au général Cavaignac.

– Pourtant, c'est un républicain !

– Lors de l'insurrection de juin 48, on a compté des milliers de morts. Il a dit qu'il s'agissait de rétablir l'ordre. Après, quand l'assemblée lui a confié la présidence du conseil des ministres, il a proclamé « l'état de siège », la suspension des journaux hostiles au gouvernement, et la déportation des insurgés. Il a aussi offert un asile au Pape et envoyé des troupes en Italie pour le protéger de sa retraite de Rome[2]. C'est pour toutes ces raisons que j'ai soutenu Bonaparte en décembre 1848 à l'élection présidentielle[3]. Depuis, cette majorité, approuvée par ce même Bonaparte

[2] La République romaine est instaurée en 1849 et remplace les états pontificaux.
[3] Pour la première fois, elle est au suffrage universel.

président, ne fait que porter et voter des lois iniques. Le refus du projet de loi pour la lutte contre la misère et le renforcement de l'assistance publique est un premier coup porté contre la société, la seconde est cette loi Falloux qui livre notre enseignement républicain au clergé.

— Vous êtes élu de nouveau au parlement ?

— Oui, mais cette assemblée est de plus en plus réactionnaire et radicale. Je vais lancer une campagne contre la peine de mort, c'est indigne d'une société. On parle d'une nouvelle loi sur la presse encore plus répressive, je m'y opposerai.

— On dit que votre journal a des problèmes !

— Le ministre Jules Bastide l'a fait saisir dans les kiosques.

— Le ministre des Affaires étrangères !

— Oui, comme il est étranger aux affaires, il a été nommé à ce poste. Cet ancien républicain qui a participé aux trois glorieuses de 1830, s'est rapproché de Cavaignac. Il a voté l'état de siège, et contre l'amnistie. Mon journal a mené une campagne contre lui.

Paris 16 juin 1851.

– Monsieur Hetzel, ils viennent de condamner mon fils Charles à six mois de prison. Sans parler de l'amende énorme que nous devrons payer, 2 500 francs pour s'être opposé à la peine de mort. Nous allons faire appel.

– Si l'on peut publier le livre dont vous m'avez parlé il y a près de deux ans, je pourrai vous verser des droits d'auteur d'avance, cela vous aidera.

– L'histoire d'un crime ?

– Oui, vous disiez à l'époque qu'il vous manquait des précisions, pour le construire et pour décrire les personnages.

– C'est exact. J'ai avancé depuis. J'ai beaucoup écrit sur les journées du massacre, ceux de juin 48. J'ai décrit les barricades, les personnages qui s'y trouvaient, leurs motivations[4]. Mais dois-je écrire sur ma participation à ce crime ? Je ne peux encore vous fournir le livre. Il faut attendre.

– J'ai l'impression que vous faites le chemin inverse de Louis-Napoléon Bonaparte. Lui se débarrasse de son vernis social, de ses vêtements progressistes, et vous, vous vous

---

[4] Victor Hugo s'en servira dans son livre « Histoire d'un crime », mais aussi dans un autre roman qu'il démarre en 1845 « Les misères » qu'il finit et termine en 1862 sous le nom « Les misérables ».

couvrez d'un manteau de démocrate socialiste. Vous perdez vos amis de droite, mais vous n'êtes pas reconnu par vos anciens adversaires de gauche. Vous paraissez seul en politique.

– Que voulez-vous, je ne suis pas un homme politique, moi, je suis un homme libre. Juliette Drouet[5] me nomme maintenant son « cher petit révolutionnaire ». Un jour, le journal sera suspendu et je serai emprisonné à l'issue d'un procès. Ce gouvernement place la police partout et la justice nulle part.

– Vous allez vous opposer, je suppose, à ce projet de réforme de la constitution, porté par le Duc de Broglie.

– Bien sûr, comment accepter que ce Bonaparte puisse se représenter pour trois années de plus à la présidence. Il a été élu pour trois ans, cela s'arrête à la fin de cette année. La proposition de cette loi organique a été déposée le 31 mai, appuyée par plus de 200 députés. Ce n'est pas parce que l'on a eu Napoléon le Grand, que l'on doit supporter Napoléon le Petit. Je prépare mon discours pour l'examen de cette révision. Je ne veux pas que cela se transforme en un Second Empire. Car enfin, toutes nos libertés ont été prises au piège l'une après l'autre et garrottées. Le suffrage universel a été trahi, livré, mutilé. Les programmes de

---

[5] Leur liaison est affichée depuis des années. Elle durera 50 ans.

l'enseignement ont abouti à une politique jésuite. Nous donner comme vision, l'Empire et faire de cinq cent mille fonctionnaires une sorte de franc-maçonnerie bonapartiste, cela n'est pas acceptable. Toute réforme sera ajournée ou bafouée, les impôts, proportionnels et onéreux au peuple, seront maintenus ou rétablis, l'état de siège pèsera encore sur cinq départements, Paris et Lyon seront toujours en surveillance, l'amnistie sera toujours refusée et la déportation confirmée. Non, on ne peut pas donner un pouvoir de trois années de plus, à un parjure.

Paris 21 septembre 1851.

– Oui, la révision a été refusée et j'en suis fort aise, Monsieur Hetzel. Il fallait les trois quarts des suffrages, et malgré la majorité, il a manqué cent voix. Mais parlons de mon nouveau journal, la condamnation en début de ce mois par le pouvoir en place de mon autre fils François-Victor et de Paul Meurice et cela pour avoir défendu des réfugiés allemands chassés de leur pays. Le journal n'a pas pu s'en remettre, c'est pour cela que nous avons créé, *l'Événement du Peuple*. C'est Auguste Vacquerie qui deviendra, de nouveau, le rédacteur en chef. Il nous faut encore nous battre, je crains un coup d'État.

– Depuis le temps qu'on l'annonce, Monsieur Hugo !

– Vous verrez, il viendra. Napoléon le Petit voulait poursuivre son pouvoir par la légalité d'un vote et d'un changement de la constitution, il ne l'a pas obtenu, il le prendra par la force. Un jour viendra où tout sera remis en question, la démocratie bafouée, la France un champ de bataille et les idées généreuses du progrès humain tomberont.

– Pourquoi ce pessimisme ?

– Prenons les faits depuis son élection. Le jeudi 20 décembre 1848, après l'annonce des résultats de l'élection présidentielle à l'assemblée constituante, il prête serment, et déclare que devant le peuple français, il jure de rester fidèle à la République démocratique une et indivisible et de remplir ses devoirs que lui impose la Constitution. Celle-ci venait d'être votée par cette même assemblée, quelques semaines plus tôt. Nous étions conscients du danger que court toute nouvelle République. C'est pour cela que nous avions introduit le vote au suffrage universel. Malheureusement elle est par essence conservatrice. Les électeurs des campagnes ont élu des députés principalement conservateurs. Les régions sont encore dominées par l'Église catholique et les notables. De plus, notre constitution n'inclut pas le droit au travail, l'enseignement laïc et la suppression de la peine de mort. Mais péché originel, l'assemblée refuse sa ratification par le peuple, alors qu'elle instaure la République. Ratifié, cela ne permettrait pas de changer de régime par un coup d'État, sauf de désavouer le peuple. Le nouveau Président, Louis-Napoléon Bonaparte, après son discours, un peu terne, cria, « Vive la République ». Il avait par ces mots, accepté la constitution qui avait permis son élection et son article 68, qui dit que toute mesure par laquelle le Président dissout, proroge, ou met obstacle à l'exercice du mandat de l'assemblée est un crime de haute trahison. Oui, Monsieur

Hetzel, un crime de haute trahison. Et par ces seuls faits, il est déchu de ses fonctions, et les citoyens sont tenus de lui refuser l'obéissance. C'est encore notre rempart contre un coup d'État.

— Je voulais vous écouter sur les faits qui, selon vous, pourraient conduire à celui-ci.

— Il n'a eu de cesse de bafouer les droits de l'assemblée, nommant un gouvernement qui ne la représente en rien. Oh, je ne défends pas sa majorité conservatrice et royaliste, mais enfin, elle a été élue par le peuple, elle est tout aussi légitime que le Président. Je dois cependant dire qu'il n'était pas favorable à la loi Falloux qui introduit le clergé comme clé de voûte de l'enseignement. Pourtant, il a su aussi s'allier avec l'Église pour diminuer l'assise des électeurs pour le suffrage universel. Un tiers en moins, Monsieur, un tiers, par l'obligation de résider depuis trois ans dans le même domicile. Il supprime de facto les ouvriers saisonniers et les artisans, donc les électeurs de gauche. Il pensait pouvoir se représenter à l'élection et se faire élire haut la main, mais voilà la loi électorale l'interdisait, il fallait modifier la constitution, il a échoué.

— Il doit donc quitter le pouvoir au printemps 1852, Monsieur Hugo. Les deux élections sont prévues au même moment, puisque l'assemblée a décidé de tenir les législatives et la présidentielle en même temps. Son mandat sera écourté de quelques mois, il devra le quitter en décembre.

Paris 27 octobre 1851.

– Oui, je dois vous avertir, Monsieur Hugo, des rumeurs circulent.

– Je les entends aussi, Monsieur Hetzel. On cite le préfet de police Pierre Carlier et le financier Charles de Morny. On parle du général Magnan qui commande la place de Paris.

– Après vous avoir écouté il y a quelques semaines, je me suis renseigné auprès de certains de mes amis proches des milieux du pouvoir. Il semblerait que les soutiens de ce futur coup d'État soient guidés par Monsieur de Morny. En plus de ceux que vous avez cités se trouve le général, Armand de Saint-Arnaud, celui qui s'est illustré par les répressions commises en Algérie, et Victor de Persigny, son aide de camp. Ces mêmes hommes qui l'ont déjà aidé lors des tentatives de Strasbourg[6] et de Boulogne[7].

– Vous oubliez Eugène Rouher, cette girouette de la politique, tour à tout royaliste, républicain, conservateur puis bonapartiste et bien sûr Émile Fleury, ce militaire dévoué corps et âme à son maître.

---

[6] Napoléon III tente de soulever la garnison de Strasbourg et de marcher sur Paris, premier échec.
[7] Profitant du retour des cendres de Napoléon de Sainte-Hélène, il tente de soulever la garnison de Boulogne et de prendre le pouvoir, second échec.

– On dit que la tentative devait avoir lieu en septembre, mais il lui fallait un ministre de la guerre prêt à placer des troupes et de l'artillerie pour canonner ceux qui se révolteraient.

– C'est pour cela qu'il va essayer cette dernière tentative d'abroger la loi électorale au début du mois prochain. Le cabinet qui ne le soutenait pas dans son initiative, a démissionné, mais le nouveau contient Saint-Arnaud[8] comme ministre de la guerre, Charlemagne de Maupas comme nouveau préfet de police de Paris, et Magnan comme commandant des troupes de la capitale. Il a maintenant les soutiens nécessaires pour tenter ce coup d'État. Qui vous a prévenu ?

– Carlier, il a été écarté de la préparation de celui-ci, ils ont jugé que ses plans pour prendre le pouvoir étaient irréalistes. C'est pour cette raison qu'ils l'ont remplacé en tant que préfet de police, par Maupas.

– Reste l'argent nécessaire à la préparation !

– Il a le soutien de financiers et puis sa maîtresse, Miss Howard, elle est très riche, elle lui a donné de l'argent.

---

[8] Qui rappelle tout de suite aux militaires leur devoir d'obéissance passive à ses ordres.

Paris 16 novembre 1851.

– Monsieur Hugo, nous allons devoir nous organiser. Il semblerait que les rumeurs sont de plus en plus insistantes. L'ancien préfet Garnier parle et se livre à de nombreuses confidences un peu partout en ville.

– Je sais cela, Monsieur Baudin[9]. L'idée d'un coup d'État est dans tous les esprits. À se demander si c'est vraiment fondé ? On dit qu'il a reçu beaucoup d'argent de sa maîtresse. Son oncle, si oncle il y a[10], doit se retourner dans sa tombe. Une Anglaise mariée à un officier de la Garde Royale britannique dont le régiment a combattu contre Napoléon à Waterloo, voilà qui ne manque pas d'ironie, sinon de tristesse. Le décès de son mari lui a laissé une fortune considérable qu'elle a mise à la disposition de son amant. Cela aura au moins le mérite qu'il ne pillera pas les coffres de la Banque de France.

[9] Médecin, député élu en 1848, il fait partie avec Hugo du groupe politique de la Montagne, qui fournira les cadres de la troisième République.

[10] À l'époque le bruit persistait que Louis-Napoléon Bonaparte n'était pas le fils de Louis Bonaparte, mais né d'une relation de sa mère Hortense de Beauharnais, fille de Joséphine. Des tests ADN récents ont confirmé cela, il était porteur d'un chromosome différent de Napoléon Bonaparte et du plus jeune des frères Jérôme Bonaparte.

– Sa proposition d'abrogation de la loi électorale a été de nouveau rejetée, nous devons nous allier à Thiers et son groupe qui veulent le destituer.

– Faire front commun avec ce royaliste réactionnaire !

– Il a ressorti un décret qui date de la constituante et qui indique que le Président du Parlement peut requérir l'armée sans en référer au ministre. Avec l'aide de la Garde nationale, on pourra l'emprisonner et le destituer pour haute trahison.

– Il prendra ce prétexte pour proclamer l'état de siège à Paris, et arrêter tous les députés qui lui sont hostiles. Cependant vous avez raison, il faut nous préparer. Mettons en place un comité de résistance et dressons un plan pour soulever la capitale et la province. La Garde nationale doit défendre l'assemblée, c'est son rôle depuis février. Continuons à protester au parlement ! S'il le dissout, alors protestons dans la rue ! S'il gagne dans la rue, alors protestons dans l'exil !

– Et si nous mourons ?

– Alors, protestons dans la tombe !

Paris, dans la matinée du 2 décembre 1851.

– Monsieur Hugo, des affiches ont été posées sur les murs de la ville. Il a décrété que l'Assemblée nationale et le Conseil d'État sont dissous. L'état de siège est en place sur tout le territoire de la capitale, Il a fait arrêter des dizaines d'opposants parlementaires, je me suis enfuie de chez moi.

– Monsieur Versigny, vous êtes un ami. Nous devons rejoindre nos amis du parlement et nous allons nous opposer à ce coup d'État, il faut le battre. Quand je pense qu'on le disait idiot, grave erreur ! Il y a quelques jours, l'un de nos confrères parlementaires dînait à l'Élysée, le président lui demanda quelles étaient les rumeurs dans Paris, celui-ci lui répondait que Paris et même l'assemblée parlaient d'un coup d'État. Il lui demanda alors si lui y croyait. Devant sa réponse négative, il lui prit les deux mains et le remercia en lui disant qu'au moins, lui le prenait pour un honnête homme.

– Je vais prévenir d'autres représentants avant leur arrestation.

– Allez-y ! Je vous rejoins rue Blanche !

– Monsieur, un ouvrier de votre journal veut vous parler !

– Faites-le entrer.

– Alors, que dit la rue en lisant les affiches ?

– La majorité adhère, Monsieur Hugo, elles indiquent que le suffrage universel est rétabli, que le parlement réactionnaire est chassé, et que Thiers est arrêté, les gens approuvent.

– Que se passe-t-il dans les rues ?

– Encombrés de troupes, les quais, les Tuileries, les boulevards, l'assemblée. Des batteries sont positionnées un peu partout.

– On va se battre !

– Alors, cela sera une boucherie.

– Alexandre Rey[11], vous aussi !

– Désolé, j'ai dû forcer le barrage de votre valet. Je viens avec deux affiches qui sont collées en ce moment même sur les murs. J'ai appris que l'imprimerie Nationale avait été envahie cette nuit, et leurs avis imprimés et placardés. Regardez !

– « *Au nom du peuple français* » ! Il a osé ! « *Français, la situation actuelle ne peut pas durer plus longtemps. Chaque jour qui s'écoule aggrave les dangers du pays. L'assemblée, qui devait être le plus ferme appui de l'ordre, est devenue un foyer de complots. Le patriotisme de*

---

[11] Homme de la gauche modérée, il est journaliste au Bien Public.

certains de ses membres n'a pas pu arrêter ses fatales tendances. Au lieu de faire des lois dans l'intérêt général, elle forge des armes pour la guerre civile. Elle attente au pouvoir que je tiens directement du peuple. Elle encourage toutes les mauvaises passions, elle compromet les repos de la France, je l'ai dissoute et je rends le peuple entier juge entre elle et moi. » Il a osé !

– Je vous lis la seconde adressée à l'armée. « *Soldats, soyez fiers de votre mission, vous sauverez la patrie, car je compte sur vous, non pour violer les lois, mais pour faire respecter la première loi du pays, la souveraineté nationale, dont je suis le légitime représentant. Depuis longtemps, vous souffrez comme moi des obstacles qui s'opposaient au bien que je voulais vous faire et aux démonstrations de votre sympathie en ma faveur. Ces obstacles sont brisés. L'assemblée a essayé d'attenter à l'autorité que je tiens de la nation, elle a cessé d'exister.* » L'armée va suivre, mais la Garde nationale aussi.

– Que font les députés ?

– On dit que certains se sont rassemblés à la mairie d'arrondissement près de l'assemblée, qui est entourée de troupes. Des légitimistes pour la plupart, dont l'avocat Berryer, auraient proposé que les présents votent la déchéance de Louis-Napoléon Bonaparte, et la passation du pouvoir aux mains de l'Assemblée.

– Inutile pour deux raisons, ils ne seront jamais entendus par la rue, car on a peur de leurs actions en faveur du retour de la royauté. Ils sont discrédités. Et ils ne feront jamais appel à la résistance armée, par peur du coup de force qui pourrait amener une révolution ouvrière.

– Avant de venir vous voir, j'apprenais que la troupe entourait la mairie[12].

– La haute cour de justice pourrait se réunir et déclarer l'illégalité…

– Le palais de justice a été envahi. J'ai appris que les juges ont jugé qu'ils ne pouvaient remplir leurs fonctions.

– Alors il ne reste que la rue et les barricades !

[12] Ils furent arrêtés et conduits en prison pour plusieurs jours.

Paris, dans l'après-midi du 2 décembre 1851.

— Monsieur Hugo, on vous attendait !

— La situation est grave mes amis ! Des dizaines de représentants ont été arrêtées, notamment les généraux et le lieutenant-colonel Charras[13].

— Oui, il a été appréhendé à son domicile par un commissaire de police la nuit précédente.

— Les journaux sont supprimés, les imprimeries occupées, on dit que 80 000 hommes quadrillent la ville. Les télégraphes sont réquisitionnés, les dépôts d'armes gardés. Nous sommes désarmés et impuissants face à cela. Si nous sommes encore en liberté, c'est parce qu'ils savent que nous, Jules Favre, Michel de Bourges, et nous tous ici présents, nous ne sommes pas des hommes d'action.

— Que des généraux d'Afrique pour commander la répression. Si nous ne résistons pas, nous sommes déshonorés, si nous combattons, nous serons fusillés. Que faire, Hugo ?

— Nous battre ! Entamer la lutte de suite ! Nous sommes quelques dizaines, descendons dans la rue avec nos

---

[13] Polytechnicien, héros des trois glorieuses, député, il fut ministre de la guerre durant un moment.

écharpes républicaines, rejoignons les boulevards, et crions, « Vive la République ». Des ouvriers vont nous rejoindre, des barricades vont se dresser. Qu'en dis-tu Baudin ?

– Partons vers le faubourg Saint-Antoine, la résistance ouvrière a toujours démarré dans ce quartier. Il faut entraîner le peuple.

– Je vais y aller, la foule va me reconnaître, je leur dirais de déchirer les affiches, et de crier pour la République et pour la constitution, leur proclamer que Louis-Napoléon Bonaparte est un rebelle et un criminel ! Que nous, les vrais représentants du peuple, nous le mettons hors la loi ! Qu'il a trahi !

– Attendez ! Vous me connaissez tous, moi Hippolyte Charamaule, vous ne mettrez pas en doute mon courage et mon ardeur, mais je vous appelle à la prudence. Les rues sont remplies de pièces d'artillerie, nous ne pouvons provoquer un massacre. Il faut se tenir tranquille et attendre que le peuple se soulève. Pour l'instant, il s'interroge, discute, essaye de comprendre ce qui se passe. Laissons l'indignation montée, la vue des troupes dans les rues va provoquer des remous. Pour l'instant, tout le monde croit aux affiches, ce sont les conservateurs, les royalistes qui sont en prison, quand ils vont voir que des socialistes, des démocrates sont aussi emmenés dans les geôles, le peuple va réagir, alors nous pourrons intervenir et les accompagner.

Paris, dans la matinée du 3 décembre 1851.

– Oui, Monsieur Hugo, ce matin il avait pris la tête d'une délégation de députés. Victor Schoelcher a parcouru les rues du Faubourg Saint-Antoine, comme on l'avait prévu hier. Il appelait à l'insurrection. Mais les ouvriers ne bougeaient pas. Hésitants, troublés, moqueurs parfois, l'un d'entre eux a même crié qu'il n'irait pas se faire tuer pour 25 francs par jour.

– Il faut les comprendre, Ténot[14]. Notre indemnité de parlementaire de 25 francs par jour est une somme considérable pour eux, ils ne gagnent pour la plupart qu'un ou deux francs par jour. Nous représentons aussi ceux qui ont voté les pleins pouvoirs au général Cavaignac pour les réprimer dans le sang en juin 48. Cette honte, cette tâche me poursuivra longtemps ! Que s'est-il passé ensuite ?

– Deux postes de garde isolés ont été investis sans coup de feu. Les soldats ont été surpris et ont dû céder. Les armes ont été récupérées par la petite troupe de rebelles, mais ils sont insuffisants. Frédéric Gourmet a pris la tête de la colonne. Arrivé rue du faubourg Saint-Antoine, ils ont dressé une barricade en reversant quelques voitures. C'est alors qu'une colonne de soldats de ligne venant de la place de la Bastille

---

[14] Journaliste, il fut l'un des historiens du coup d'État.

s'est avancée vers eux. Baudin, s'adressant aux ouvriers présents, leur a crié qu'ils verraient comment on mourrait pour 25 francs. Schoelcher s'est avancé sans arme vers les soldats. Il leur dit qu'il était le représentant du peuple, et qu'il réclamait leur concours pour faire respecter la loi.

L'officier lui a répondu qu'il obéissait aux ordres de ses chefs, il a fait avancer la troupe. Le député a été un moment menacé par une baïonnette. Un coup de feu est parti, le soldat qui le menaçait est tombé. Un ouvrier avait cru qu'il était en danger et a ouvert le feu, alors les fantassins ont tiré, Baudin s'est effondré, plusieurs balles l'avaient atteint. D'autres sont tombés avec lui. Il est mort.

– Louis-Napoléon, quand le sang est tiré, il faut le boire ! Mon appel au peuple[15], rédigé hier, a été imprimé à de nombreux exemplaires et doit aussi couvrir les murs. Les ouvriers vont maintenant réagir avec le sang répandu des représentants de la nation.

– C'est en cours. Les barricades s'élèvent un peu partout dans les rues ouvrières. Ces évènements ont été commentés dans tous les quartiers. On a grossi comme souvent les faits, la rumeur a rempli le reste. La mort de Baudin, qui résistait au coup d'État, a produit un sentiment de révolte profond. L'agitation est en train de grandir et prend des proportions

---

[15] Il indiquait qu'ayant trahi, le président était déchu, et on demandait au peuple de faire respecter la constitution de « châtier » le traître.

considérables. Des rassemblements se forment partout. Hier la rue était passive, presque soulagée de ce qui se passait. Aujourd'hui, elle gronde de fureur.

– Pierre Malardier[16], Marc-Antoine Brillier[17], des nouvelles ?

– Nous avons forcé votre porte, mais c'est pour la bonne cause. Dans tout le centre[18], entre les boulevards et les quais, on proclame notre protestation et on appelle aux armes. Des barricades se sont érigées un peu partout. Mais ce sont des tentatives individuelles, improvisées, sans plan et sans concertation d'ensemble !

– Allons-y Messieurs !

[16] Instituteur et écrivain, député de la Montagne.
[17] Député, il fut nommé préfet à la chute de l'Empire en 1870.
[18] À cette époque, ce sont les quartiers les plus populaires, dont les rues sont très étroites et favorables aux barrières rapidement érigées.

Paris, dans l'après-midi du 3 décembre 1851.

– L'agitation gagne, ils sont obligés de faire charger la cavalerie. Il faut monter sur les barricades et faire le coup de feu.

– Victor Hugo, comment te voilà révolutionnaire. Il ne suffit pas de dire, il faut aussi un peu de discipline pour réussir. Nous sommes toujours désorganisés, les ordres et les contre-ordres jaillissent de partout, pas de comité, pas de centralisation, pas de directives. Si nous perdons cette résistance, cela sera à cause de ce manque de planification de nos actions.

– Paul de Flotte[19], comme officier de marine, tu as l'habitude, mais moi, comme poète j'en manque, alors apprend moi !

– Le mouvement de révolte a grandi. Même dans les quartiers plus bourgeois, les manifestations sont importantes. Il faut placarder un appel aux armes. Envoyons des représentants dans les arrondissements pour coordonner la résistance. Hugo, profitons de ta plume, rédige tout de suite un appel à l'armée, pour qu'elle nous rejoigne. On le fera

---

[19] Député socialiste, il avait effectué deux fois le tour du monde sur des expéditions scientifiques. Il accompagne plus tard Garibaldi dans son mouvement.

imprimer rapidement et on va le distribuer aux troupes que l'on va rencontrer.

– Oui, tu as raison, si c'est une grande armée, elle doit respecter la grande nation.

– Il faut un comité d'ouvrier[20] qui permettra de faire passer les consignes de résistance et dont les membres seront reconnus par le peuple. Je pense à Jules Leroux[21] pour le créer. Ils devront rédiger un appel aux travailleurs.

– Ils viennent d'afficher deux proclamations, l'une du préfet de police qui interdit toutes réunions ou manifestations de rues, ainsi que les affichages politiques qui ne proviennent pas d'eux. L'autre du ministre de la guerre qui claironne que nous voulons le pillage et la destruction, et demande aux « bons citoyens » de s'unir au nom de la nation. Il termine en disant que tout citoyen prit en construisant une barricade ou la défendant les armes à la main sera fusillé.

– Mes amis, cet appel est sans précédent dans notre histoire, des pelotons d'exécution, il y en a eu avant, mais Saint-Arnaud est allé plus loin, il décrète à l'avance, publiquement, ouvertement, la condamnation à mort et l'exécution de tout individu armé ou non.

– Hugo, la police est entrée chez toi, le portier m'a averti !

– Hetzel, mon ami, que s'est-il passé ?

[20] Comité central des corporations.
[21] Imprimeur, il est élu député en 1849.

– Un commissaire est venu avec une dizaine de ces sbires. Ils ont fouillé ton domicile. Il disait être porteur d'un mandat pour t'arrêter.

– Je crains de ne plus pouvoir rentrer de suite chez moi.

– Messieurs, on tire près d'ici.

Paris, dans la soirée du 3 décembre 1851.

– L'agitation gagne le quartier des écoles, les étudiants en droit et en médecine nous acclament. Le mouvement prend de l'ampleur, Hugo ! Un révolutionnaire de juillet 30 et de juin 48, me disait que la révolte était plus importante que lors de ces journées. Il est vrai que ce soir, des flots continus de manifestants crient leur hostilité aux troupes de Louis-Napoléon[22].

– De Flotte, il est de plus en plus difficile de se déplacer, les troupes ont pris position dans tous les points importants et stratégiques. Voici Gindriez[23], quelques nouvelles ?

– Je suis encore bouleversé, je viens de la morgue, j'ai pu voir Baudin sur son linceul. Je voulais revenir chez moi pour manger, quand d'un fiacre qui passait, on m'interpella. C'était les parentes de Baudin. Un messager du commissaire était venu les chercher en leur expliquant qu'il était blessé. Elles me demandèrent si je voulais les accompagner. J'ai accepté, pour voir notre ami. J'ai pris place dans la voiture et nous nous sommes rendus au commissariat. Là, nous avons appris qu'il était mort. J'ai réclamé le corps au nom de sa famille, le gradé a accepté sous la promesse de l'enterrer

[22] Cela est confirmé par les descriptions de révolutionnaires et de militaires ayant participé à l'ensemble de ces journées de révolte.
[23] Homme politique de la Montagne.

rapidement et sans le montrer au peuple. Il nous a donné deux hommes pour nous accompagner et un sauf-conduit pour se rendre à l'hospice où l'on avait déposé le corps. Je l'ai vu, il paraissait serin, calme. Il avait l'air de s'être endormi. À ce moment dans la cour où j'essayais de consoler les deux malheureuses femmes, un homme s'est approché de moi et m'a dit de partir de suite, de rentrer dans la voiture, de baisser les stores et de filer. Il savait qui j'étais, il m'avait vu le matin sur une barricade. Il m'a chuchoté que si quelqu'un me reconnaissait, j'étais perdu. Je lui ai demandé s'il était de la police. Il m'a répondu qu'il en mangeait le pain, mais qu'il n'en faisait pas le métier. Ensuite, nous avons transporté notre ami à son domicile, et nous l'avons préparé pour la veillée. Je peux vous dire que la balle était rentrée par l'arcade et sortie par l'arrière du crâne. Ensuite, je suis ressorti du domicile. Des agitateurs payés par le pouvoir criaient qu'il ne fallait respecter les parlementaires. Aidés par des ouvriers, nous les avons fait fuir.

– Voici Ténot ! Qu'as-tu vu ?

– Des barricades un peu partout, mais les consignes sont données comme le demandait notre camarade De Flotte. Dès que la troupe accourt, les gens quittent les lieux, se réfugient dans les maisons. Quand les soldats repartent, on réoccupe. Les régiments vont se fatiguer rapidement. Des escarmouches, un peu partout, sauf dans la rue Aumaire[24], un vrai combat s'est engagé. Un bataillon a attaqué de front, un autre les a contournés et a fait feu. Des dizaines de personnes sont mortes, d'autres ont été fusillés sur-le-champ, après s'être rendus. Ce n'était pas des menaces en l'air, l'affiche disait vrai.

— Allons chez Landrin[25], il a dit qu'il ouvrait ses vastes salons pour que l'on puisse se réunir et décider de la suite.

[24] Situé dans le quartier historique du marais. Au Moyen Âge, c'était le chef-lieu du bourg de Saint Martin des Champs. Là habitait le bailli faisant fonction de maire du village, d'où le nom.
[25] Député, procureur de la République.

Paris, nuit du 3 au 4 décembre 1851.

– Vous ici, Napoléon-Jérôme Bonaparte !

– Ne m'appelle-t-on pas le Prince de la Montagne[26] ? Victor Hugo, vous connaissez mes opinions ! Girardin[27] vient de proposer une grève générale jusqu'à la chute de mon cousin.

– Qu'en pensez-vous ?

– Ridicule ! Ce n'est pas mon cousin qui tire les ficelles et a tout préparé avec minutie, c'est son demi-frère Charles de Morny. C'est lui le meneur, c'est lui qui donne les ordres et les autres obéissent, et lui ne cédera jamais. Mon cousin a juste fixé le jour, le 2 décembre, jour anniversaire du sacre de Napoléon et de la victoire d'Austerlitz.

– Le demi-frère ?

– Oui, Monsieur Hugo, mon cousin a découvert après la mort de sa mère Hortense de Beauharnais qu'il avait un demi-frère de Morny, né de la liaison entre celle-ci et le général Charles de Flahaut. Ce qui en fait le petit-fils direct de Talleyrand. L'histoire a des raccourcis sidérants. Le grand-père a tout fait pour destituer mon oncle Napoléon, et le petit-fils ferra tout pour faire monter le soi-disant neveu sur

[26] Fils de Jérôme Bonaparte, député de la Corse, il siège à l'extrême gauche et fait partie de la Montagne.
[27] Fondateur du journal « La Presse ».

le trône de l'Empire. Tous les deux sont au moins certain d'une chose, avoir eu la même mère, quant au père, c'est autre chose.

— Girardin, êtes-vous prêt à faire imprimer ?

— Monsieur Hugo, la presse de mon journal est sous scellé, les gendarmes la gardent. Mais je peux trouver quelques ouvriers qui pourront le faire dans un autre lieu.

— Alors, imprimer mon manifeste !

— J'imprimerai tout ce qui n'est pas un appel aux armes, j'ai lu votre manifeste, c'est un cri de guerre, je ne puis faire cela.

— Ma réponse est que Louis-Napoléon Bonaparte a commis un crime. Votre idée de grève universelle est belle, mais impossible. Peut-on demander au boulanger d'arrêter de faire du pain, au boucher de vendre sa viande, à la mère d'acheter du lait pour son enfant, au père de travailler pour donner à manger à sa famille ? Votre idée est une chimère, un rêve impossible. La situation est, sans nul doute tragique, et le sang va couler. D'ailleurs, il a déjà coulé. Mais qui est responsable ? Lui, et nous ne pouvons l'accepter.

— Non, je m'y refuse. Nous pouvons choisir une autre voie que le combat, les armes, la guerre !

— Il est trop tard pour délibérer et faire un choix, c'est fait. Et ce n'est plus le temps de donner et de présenter ses arguments. Le coup d'État est en cours, nous devons le combattre. C'est simple. Nous sommes la loi face au crime. Nous devons nous armer et combattre le crime. Je ne sais pas si nous vaincrons, et si nous arriverons à arrêter l'assassin, mais nous devons essayer.

– Monsieur Hugo, prenez garde !

– De ce que je viens de dire, Prince ?

– Non, de mon cousin. Vous êtes celui qu'il déteste le plus, vous l'avez appelé Napoléon le petit, il ne vous pardonnera jamais. Il a essayé de vous arrêter, mais il sait que votre arrestation aura un retentissement encore plus important que la mort de Baudin ou la répression qui est en cours. Mais Morny peut parfaitement donner des consignes. On est venu vous arrêter, vous avez essayé de résister. Le commissaire a dû se défendre, un policier a tiré sur vous. Il est coupable, mais il voulait protéger son supérieur. Le scénario est écrit. Ne dormez pas chez vous et nul endroit n'est sûr pour cette nuit. Venez chez moi, c'est le seul refuge de Paris où vous serez en sûreté.

Paris, matin du 4 décembre 1851.

– Merci de m'avoir reçu, Monsieur Arnault[28], vous êtes un brave homme.

– Monsieur Hugo, vous ne pouviez rester chez vous. Malheureusement, je ne suis pas sûr que nous ne devions pas nous cacher tous les deux dans un autre endroit. Je pensais que nous pourrions nous réfugier chez l'abbé Maret[29].

– Oui, vous avez raison, hier quand je suis allé à mon domicile, la police venait de partir. Ma fille était effrayée pour moi. Ma femme me donnait cependant raison et me disait que je devais continuer pour la justice. Mais je ne pouvais les mettre en danger, je suis parti.

– Savez-vous qu'hier soir un brave artisan est venu me voir. Il fait partie des ouvriers démocrates chrétiens. Il avait eu l'idée d'écrire à l'archevêque de Paris dans le but d'éviter l'effusion de sang et la guerre civile. Il lui demandait de prendre la tête d'une procession pour se rendre au palais de l'Élysée pour implorer le Président d'arrêter de violer la loi. Il disait dans cette lettre que l'Église devait porter secours à la Patrie. Les mots étaient simples, l'idée simpliste, mais il pensait que la foi pouvait inverser le cours des choses.

– Il pensa à vous, pour faire parvenir la lettre !

[28] Député de l'Ariège, socialiste chrétien
[29] Théologien et catholique libéral.

– Oui, connaissant mes entrées chez l'Archevêque, on se connaît et on s'apprécie. Il vint me la porter. Ma femme se proposa d'y aller, connaissant le danger que je courrai dans les rues. Arrivée dans les lieux, elle a croisé l'abbé Maret, qui s'est proposé pour l'accompagner au cabinet de travail du nonce. Elle le rencontra, il lut la lettre et resta silencieux. Mon épouse lui a demandé quelle réponse elle devait me transmettre. C'est alors qu'il la regarda avec, m'a-t-elle dit, un regard triste et accablé.

– « Dites-lui qu'il est trop tard. Il ne reculera plus. Je n'arrêterai pas le sang, je ne ferai que le répandre encore plus. Il fera écraser le cortège par les régiments. Cet homme a frappé la loi, il frappera Dieu ».

Ma femme est rentrée. Dans la rue, elle vit partout, une foule immense. On lisait à haute voix l'appel aux armes, on applaudissait, on criait à la résistance. Les barricades sont maintenant érigées partout, dans tous les arrondissements. Pour l'instant, la troupe ne réagit pas. À part à quelques endroits, elle se contente de disperser, et même elle laisse faire.

– Je crains, Monsieur Arnault que cela ne cache un sinistre dessein. Comme si on voulait, que le mouvement s'installe se montre, pour mieux le réprimer par la suite.

Paris, fin de matinée du 4 décembre 1851.

– Hetzel, d'où viens-tu ?

– De la caserne du quai d'Orsay, Hugo. Les rumeurs les plus folles courent, on disait que les parlementaires arrêtés avaient été fusillés.

– Alors ?

– Fausses rumeurs, on a chargé certains parmi les centaines d'emprisonnées dans des fourgons, et on les a transférés au Mont Valérien, semble-t-il. Par contre d'autres rumeurs se révèlent fondées. C'est Madame de Luynes[30] qui les a confirmées. On a séparé les députés royalistes pour les relâcher les uns après les autres. Les élus démocrates et socialistes sont gardés pour devenir des otages, en cas de révolte trop importante. Je savais vous trouver ici, chez le député Marie.

– Ah, voici Noël Parfait[31] avec la proclamation.

– J'ai envoyé des amis les distribuer sur les boulevards. Voici Chamaraule[32].

– Mes amis, on se les arrache, on lit à haute voix les signataires et on applaudit à chaque nom. Le peuple est avec

---

[30] Son mari, député en 1851, fut un brillant archéologue.
[31] Écrivain et homme politique, il participe aux journées de 1830, 1848, 1851.
[32] Député de Montpellier, vote avec la gauche.

nous, ce coup d'État va échouer. La rumeur des 25 millions dérobés dans les caisses de la Banque de France[33] indigne la rue. Des barrages partout et la troupe s'est retirée.

– Prend-il peur de l'ampleur de la résistance ? On dit que les ministres nommés hier ne se sont pas encore présentés dans leurs ministères. C'est un signe.

– On dit aussi que Morny et Saint-Arnaud ont fait venir de nouvelles troupes des casernes de province. Ils ne reculeront pas.

– Puisses-tu te tromper, Hugo ! Schoelder, que fais-tu, ici ?

– Vous prévenir, au petit matin, la gare du Nord[34] a été investie par des régiments. Impossible de savoir ce qui s'y passe. On parle de fourgons cellulaires.

– Alors, on éloigne les prisonniers les plus dangereux pour le pouvoir. Ceux qui, la foule les libérant, pourraient nous permettre d'inverser la balance en notre faveur.

– Qui donc, Hugo ?

– Les généraux qui pourraient soulever des bataillons !

[33] On ne trouva aucune trace des écritures, mais la rumeur persista, car de l'argent fut distribué aux soldats.
[34] Ouverte en 1846.

Chapitre 14. Paris, après-midi du 4 décembre 1851.

– Les armes de la Garde nationale sont distribuées aux ouvriers insurgés.

– De Flotte, cela veut-il dire que nous allons rétablir la justice et le droit ?

– Pas forcément, Hugo ! Des armes n'ont jamais empêché la prise de pouvoir, si en face il y a des canailles prêtes à réprimer durement. Je reviens de la rue, il y a beaucoup de badauds et de curieux parmi les insurgés. Ce n'est pas très encourageant.

– Pourquoi, je ne comprends pas ?

– En cas de charges de cavalerie, de tirs des fantassins ou de mitraille par les artilleurs, les badauds vont évidemment se disperser. La panique va gagner tout le monde, y compris ceux qui, les armes à la main, étaient présents pour résister. C'est ce qui s'est passé le 13 vendémiaire an IV, le 5 octobre 1795, commandé par Napoléon Ier. Il y avait 25 000 insurgés royalistes dans les rues, ils voulaient investir la Convention, tout était prêt, organisé. Lui avec 40 canons, et un régiment d'artilleurs, bloquait les rues, et beaucoup de badauds dans ces manifestants. Il les laissa s'approcher, eux pensaient fraterniser avec la troupe. Puis, il commanda le feu, près d'une heure de canonnade. Les rues s'étaient vidées, à part les 300 cadavres que les jonchaient. Le coup d'État avait échoué. Ténor, qu'as-tu vu ?

– Vu, rien de nouveau, mais entendu. On confirme que les généraux Bedeau, Cavaignac, Changarnier, Lamoricière et Leflô ont été transférés à Ham par le train.

– C'est l'ancienne prison de Louis-Napoléon Bonaparte !

– Il se venge. Il les enferme dans l'endroit où on l'avait emprisonné en 1840 après sa tentative avortée à Boulogne. Tu es bien songeur de Flotte.

– Oui, pourquoi cette absence de réaction devant les Parisiens, et autant de précaution pour éloigner les plus capables d'organiser la rue ?

– Qu'en déduis-tu ?

– Si j'étais à la place de Morny qui est le stratège, je commanderais au général de Saint-Aignan de tenir ses troupes éloignées de la foule, de bien les nourrir, de les laisser se reposer, de les organiser par grandes divisions, de laisser les carrefours déserts et les barricades se construire. Une fois que tout est prêt, lancer toutes les troupes en masses compactes, et écraser toute résistance dans un nuage de feu et de sang.

– Allons chez Grévy, essayons de rédiger un décret pour mettre hors la loi, tout fonctionnaire, militaire, juge, gardiens de prison, agent de la force publique qui aiderait l'Élysée.

Paris, fin d'après-midi du 4 décembre 1851.

— Je reviens des boulevards, Messieurs, c'est un carnage.

— Raconte, Ténot !

— Dans le milieu de l'après-midi, la troupe s'est engagée, place Vendôme, la Madeleine, les Halles, partout de l'infanterie, de la cavalerie et des canons, des obusiers en nombre. Pareil sur la rive gauche, m'a-t-on dit, au Panthéon, à l'Odéon, à Saint-Sulpice, des dizaines de milliers d'hommes face à quelques milliers d'insurgés en arme. On dit que la foule regardait passer les soldats en silence, se massant sur les trottoirs. Vers trois heures, une fusillade et des tirs de canon sont entendus sur toute la ligne des boulevards. Elle est partie d'un endroit, on ne sait où. Puis le grondement s'est propagé sur toute cette voie sanglante. Les soldats tiraient sur les fenêtres des maisons, sur les trottoirs, partout.

— Ils ont tiré dans les rues où il n'y avait pas de barricades ! Pourquoi[35] ?

— Hugo, tout a démarré rue Saint-Denis où la résistance était forte. Des charges multiples n'ont pas eu raison des

[35] On pense que quelques coups de feu partirent des insurgés, prenant peur les soldats des régiments tirèrent des milliers de cartouches, les officiers ne surent pas arrêter les tirs. Cela fit des centaines de morts parmi les passants et les badauds.

républicains qui défendaient la redoute. Cependant, les rues avoisinantes étaient aux mains de la ligne, les hommes furent pris à revers et durent abandonner la position. Les tirs au canon eurent raison par la suite, des autres défenses du quartier. À ce moment-là, sur les boulevards Montmartre et Poissonnière, les soldats ont tiré. Les badauds sont tombés. Il y a dit-on, des centaines de morts, des femmes, des enfants. La foule terrorisée a déserté les rues.

– De Flotte, tu sens la poudre !

– Tout est fini, mes amis, les dernières barricades tombent les unes après les autres. Je viens de m'enfuir de la rue Dauphine. Ils fusillent tous les prisonniers. Il faut fuir tout de suite.

– Non, mes amis, je vais de ce pas rejoindre les derniers républicains, il nous faut mourir pour ne pas voir ce criminel réussir !

– Citoyen Hugo, vous me connaissez, je suis le délégué des associations ouvrières, laissez-moi vous guider. La nuit tombe, les patrouilles sont nombreuses, ils attendent demain pour emporter les dernières barricades. Pour passer à travers les contrôles et les sentinelles, il faut connaître tous les ruelles et les passages entre les maisons, on va vous guider, nous allons rejoindre le quartier des Halles.

– Il me faut un fusil !

– Citoyen Hugo, nous avons beaucoup de musiciens, mais peu d'instruments, allons d'abord rejoindre le lieu, nous verrons par la suite.

Première photo de Victor Hugo à Jersey.

Paris, nuit du 4 au 5 décembre 1851.

– C'est fini, citoyen Hugo, je reviens vous chercher !

– Comment cela, la lutte s'achève ?

– Oui, il faut rentrer chez soi, j'ai traversé tout le quartier, les ouvriers sont rentrés, ce qui s'est passé aujourd'hui a épouvanté la population. C'est fini. Les plus braves sont terrifiés. Toutes les rues sont remplies de cadavres[36]. La troupe a suivi les ordres. Des exécutions se déroulent partout, en masse. Nous allons être attaqués dans les minutes qui suivent, nous ne sommes plus que quelques-uns, il faut fuir. Suivez ce formier[37], il va vous guider !

– Venez citoyen, il ne faut pas traîner, ils fusillent tous ceux qu'ils trouvent, armés ou pas. Nous allons contourner les Halles et nous sauver par les petites ruelles. Ne vous arrêtez pas, suivez-moi, et surtout ne me perdez pas dans le noir. Où voulez-vous aller ?

– Rue Richelieu, j'y ai un asile sûr pour la nuit.

– Alors, allons-y, je vous quitterai un peu avant. Méfiez-vous ! Vous êtes recherché, Monsieur Hugo. Vous êtes son pire ennemi.

---

[36] Le Times parlera de 1 200 victimes, le Moniteur de 380.
[37] Fabricant de chapeau.

Paris, matin du 5 décembre 1851.

– C'est fini, nous avons échoué, Juliette !

– Oui, mais tu es vivant, Victor, et te cacher chez ma vieille tante, sourde et impotente est une bonne idée. Ma présence se justifie par mon dévouement pour elle. Ils viendront chez moi, mais ne nous trouveront pas. Il faut maintenant organiser ton départ.

– Fuir, alors que mes amis sont en danger !

– Victor, l'un est en fuite, l'autre est mort, un tel est emprisonné, crois-tu vraiment qu'ils attendent que tu donnes de tes nouvelles. Il faut que tu te réfugies en Belgique. De là, tu pourras organiser la riposte. Tu n'es pas un combattant, tu ne sais même pas tirer au fusil. Ton arme est beaucoup plus redoutable que mille fusils, c'est ta plume. Écris sur ce coup d'État, décris les évènements, fais-toi publier, traduis ton livre en anglais. Que les autres nations d'Europe sachent ce qui s'est passé, et ce qu'il est réellement, un petit dictateur qui, par le sang, a pris le pouvoir.

– Tu as raison Juliette, tu as toujours raison ! Comment fuir ?

– Je vais me renseigner, me procurer de faux papiers, trouver un déguisement qui te permettra de passer inaperçu. Pour l'instant, il faut attendre quelques jours encore, que les choses se calment, que la surveillance diminue. En qui as-tu le plus confiance parmi tes amis révolutionnaires ?

– Hetzel, c'est un brave homme ! Il doit fuir, et puis il y a De Flotte. Il nous aidera si tu le trouves.

– Ton départ sera dans quelques jours, avant la fin du mois, tu seras à Bruxelles. Pourquoi t'avoir constitué prisonnier, c'est idiot.

– Comment idiot ? S'il m'arrêtait, cela aurait eu un retentissement important non seulement en France, mais aussi dans d'autres pays !

– Heureusement que ce commissaire était quelqu'un d'intelligent !

– Comment intelligent ? Pour avoir refusé de m'arrêter ? Il m'a humilié ! Me dire qu'il n'arrêtait que les gens dangereux, eh bien je vais lui montrer ce qu'est un homme pas dangereux et ce qu'il peut faire, même en exil !

Bruxelles, le 26 décembre 1851.

– Toi, De Flotte, quel plaisir de te voir, mon ami !

– Hugo, pardonne mon intrusion, la servante m'a confirmé que tu loges ici dans ce petit hôtel. Oui, mon aspect a changé. Tu as semblé hésiter avant de me reconnaître, c'est bon signe pour moi.

– Des nouvelles de nos amis !

– Oui, pour certains. Edgar Quinet a réussi à passer la frontière grâce à une princesse Valaque[38]. Ils furent arrêtés à Lille, les gendarmes soupçonneux allèrent l'embarquer quand la dame se mit à parler Valaque et qu'il se mit à lui répondre n'importe quoi, ce qui éloigna les soupçons, car manifestement, il n'était pas Français[39]. Arnaud de l'Ariège a réussi à se cacher grâce à l'abbé Maret. Il vient de se réfugier ici, à Bruxelles. Te souviens-tu de Cournet ?

– L'officier de marine, prompt à la décision !

– C'est bien lui ! Après les tirs sur les boulevards, il était avec des camarades cherchant un endroit où il pouvait poursuivre sa lutte. Un mouchard de la préfecture, accompagné de sergents de ville, l'a reconnu. Il s'est retrouvé

[38] La Valachie est une région méridionale de la Roumanie. Le terme désignait à l'époque les personnes qui parlaient les langues romanes de la région des Balkans.
[39] Anecdote authentique.

entouré. L'homme s'était introduit dans le comité électoral socialiste. Il avait déjà dénoncé Eugène Sue. Cournet s'est retrouvé dans un fiacre avec deux compagnons, arrêtés en même temps et le mouchard. Les sergents entouraient la voiture, mais le cochet mit ses chevaux au trot, peut-être de façon volontaire, et les sergents furent vite dispersés. Notre ami s'en aperçut et prit le mouchard à la gorge. Celui-ci étouffa vite. Il sonna pour que le cocher s'arrête. Il fit descendre ses compagnons, paya le cocher et lui demanda de continuer sa route vers la préfecture, le cadavre étant resté à l'intérieur. Il raconta son histoire à l'un de ses amis qui lui dit qu'il avait tué un homme. L'ami lui demanda s'il n'avait pas de regrets, il lui répondit, non, c'était un mouchard. Il a par la suite passé la frontière avec l'aide d'un contrebandier. Et toi, comment t'es-tu enfui ?

— Avec l'aide de Juliette Drouet. Elle m'a donné un passeport au nom de Lanvin, ouvrier imprimeur. J'ai pris le train pour Bruxelles. Des papiers plus vrais que nature qui m'ont permis de passer la frontière sans problème. Le 12 décembre, je suis arrivé dans la ville. On m'a fourni le nom de cet hôtel, rue de la Porte Verte.

Bruxelles, 16 Grand-Place le 5 janvier 1852.

– Quelle halle immense que cette demeure.

– Oui, Victor, impossible à chauffer, mais avoue que tu as une vue magnifique sur la Grand-Place.

– Juliette, je n'étais pas malheureux dans ma petite chambre, mais ta venue nous oblige à loger dans un endroit plus confortable. Heureusement, tu as pu me rejoindre avec la malle de mes manuscrits. J'ai déjà commencé l'écriture d'un pamphlet sur Napoléon le petit.

– Je croyais que tu allais écrire sur les évènements. Tu as été acteur, témoin et juge, tu fais un historien tout trouvé.

– Oui, j'écris les deux manuscrits en même temps. La rédaction de mon livre sur le coup d'État va me prendre du temps. Il faut que je vérifie des faits, des dates, des évènements, que j'interroge des témoins, des amis, que je confronte mes souvenirs avec les leurs. C'est un travail de longue haleine. Je le fais et j'irais jusqu'au mot « Fin » de mon livre. J'ai le titre, je vais reprendre celui de l'un de mes projets d'écriture sur les journées de juin 1848, « Histoire d'un crime ». Je voulais écrire sur mon crime, j'écrirai sur le sien. Je n'ai pas oublié le mien, non, mais ces journées et mon action m'ont apaisé. J'ai retrouvé non pas mon innocence, mais ma sérénité. Je vis maintenant avec mon crime, je l'ai accepté, je l'ai compris, je l'ai amadoué. Il vivra toujours avec moi, dans mon cœur. Il alimentera ma haine pour cet homme. Moi, en juin 48, j'ai obéi aux ordres que l'assemblée et mes pairs m'ont donnés. Lui a créé les ordres et d'autres ont obéi. J'ai compris que même coupable, d'autres l'étaient plus que moi. Alors j'ai besoin d'écrire ce pamphlet. Il sera mon cri de vengeance contre tous ceux qui ont donné les ordres de meurtres sans jamais les accomplir. En juin 48, j'étais le bourreau, je n'étais pas le juge. Aujourd'hui, je suis le juge qui dénonce le bourreau.

— Alors, mon ami, écris. On dit que tu vas te retrouver sur une liste que cet homme a fait établir pour demander à la Belgique de t'expulser. Mais les autorités de ce pays ne vont satisfaire sa demande, tu es célèbre.

— Il me reste à correspondre avec mes fils, toujours emprisonnés à la conciergerie. Adèle, mon épouse, fera le lien.

Bruxelles, 27 Grand-Place, le 2 février 1852.

– Belle demeure, Juliette, toutes les chambres ont une cheminée et je vois toujours la Grand-Place !

– Nous ne sommes pas loin de l'ancienne adresse, mais ce logement est plus confortable, Victor. Et puis nous sommes au-dessus du tabac de Madame Cébère. Je l'ai vue ce matin. Elle m'a dit que cette maison est appelée la « Maison du Pigeon », mais elle ne sait pas pourquoi. Elle a été la propriété d'un tailleur de pierre qui l'a transformée il y a plus d'un siècle.

– Cette brave dame se proclame la « mère des proscrits ». Elle accueille souvent et réconforte nos amis réfugiés. Toutes les maisons de cette place centrale ont un nom. Celle où nous habitons fut longtemps la propriété de la corporation des peintres de Bruxelles. Chaque maison appartenait à une corporation de métier proche de la municipalité au Moyen Âge. À droite tu as la « maison de la chaloupe d'or », propriété des tanneurs, à gauche la « maison du marchand d'or », propriété des magistrats...

– Avances-tu sur ton livre ?

– Oui, Napoléon le petit se poursuit. Je réfléchis aussi à un autre projet, un pamphlet plus important, plus conséquent. Le premier est en prose, le second sera en vers. Je ne peux pas faire en ce moment un recueil de poésie pure. Il faut que je poursuive pour l'instant, ce combat en prose. Je pourrais comparer Napoléon le grand et Napoléon le petit. Je parlerai de la chute du premier et de la bassesse du second qui, nain politique, voulait devenir un géant. La famille ne comptera qu'un seul aigle. Les deux ont commis des crimes. Pour l'un, le dix-huit brumaire, c'est un crime contre la France, il a pris la pouvoir par la violence. Pour l'autre, le 2 décembre, c'est un crime de par le parjure du viol des lois de la République et par la répression sanglante qu'il a accompli, c'est un crime contre l'humanité. Je ne mets pas les deux crimes au même niveau. Le premier est accompli sans haine dans la gloire de son destin, et sans avoir fait couler une seule goutte de sang. Le second est accompli dans la rancœur de son destin et avec des torrents de sang. L'un était un lion, l'autre un singe. L'aigle n'aurait pas osé piller la France dans ses serres, le perroquet l'a fait dans ses pattes.

— Il va faire saisir tes biens, n'en doute pas !

— Oui, je vais demander à Adèle de vendre notre mobilier, cet argent sera nécessaire pour nous établir en Belgique, le sol de mon pays m'est refusé.

Bruxelles, 27 Grand-Place, le 15 février 1852.

– Oui, je suis sorti de prison le 28 janvier, le temps d'embrasser ma mère Adèle, elle m'a demandé de venir te rejoindre et de te remettre cette correspondance. Elle t'embrasse tendrement.

– Et François-Victor ?

– Il va bien, il parle de nous rejoindre. Il sera accompagné par notre sœur Adèle[40]. Je crains pour sa santé mentale, père. Le décès de notre sœur l'a fragilisé[41].

– Je sais cela Charles. Je m'inquiète aussi. Elle était encore très jeune lors de la disparition de Léopoldine, cela l'a fragilisée. Le changement de lieu lui fera peut-être le plus grand bien.

– On m'a dit que tu écrivais aussi un recueil de vers.

– Oui, je l'appellerai « Les châtiments».

– Quel nom bizarre !

– Non, il est juste, cela sera aussi et de loin mon plus grand livre contre Louis-Napoléon. Car, derrière le premier crime de Napoléon Bonaparte contre la France, le châtiment n'est ni la retraite de Russie, ni Waterloo, ni Sainte-Hélène[42],

[40] Adèle Hugo, seconde fille de Victor Hugo, même prénom que la femme de Victor Hugo. De santé fragile, elle sera souvent hospitalisée.
[41] Léopoldine, première fille du poète décédée dans le naufrage d'un bateau avec son mari Charles Vacquerie en octobre 1843.
[42] Poèmes Expiation I, II III.

non, l'expiation, c'est Louis-Napoléon. Il l'interpellera par-delà son tombeau de marbre[43]. Dieu se sera vengé.

– Le gouvernement belge devra accéder aux requêtes du Prince-Président. T'expulser pour l'avoir calomnié !

– Prince Président ! Te rends-tu compte, Charles, qu'il a inventé un titre pour mieux voler la France. Il veut un Empire, le titre et le destin de celui qu'il prend pour son oncle. Mais il ne peut le faire de suite, la seconde République qu'il a fossoyée est trop proche dans l'esprit et le cœur des Français, alors il s'invente ce titre, l'accompagne d'une nouvelle constitution en attendant une autre qui ne sera qu'une succession de restriction des libertés. Le plébiscite était en trompe-l'œil, il demandait aux Français de lui accorder le droit d'établir une nouvelle constitution. Il en fera une autre avant la fin de l'année pour rétablir l'Empire. Il pense que l'oubli pourrait faire son œuvre. C'est pour cela que je dois publier rapidement « Napoléon le petit ».

[43] Poème Expiation VII

Anvers, les quais d'embarquement, le 1er août 1852.

– Oui, nous allons rejoindre Londres, Juliette. Et c'est bien que tu nous accompagnes, Charles et moi.

– De nouveau partir et se réfugier !

– Que veux-tu entre le petit Roi des Belges[44] et le petit Empereur des Français, on s'entend comme larrons en foire. Il a fallu inventer une loi me décrétant hors la loi pour « offense envers un souverain étranger ». Drôle de magistrat, que ce Faider qui a inventé cette loi. Je suis heureux mon livre sera publié dans quelques jours[45]. Mais, regarde cette foule, ils sont tous venus, nos amis exilés et nos démocrates belges. Il faut que je les remercie de m'accompagner.

« Mes amis, souffrez que je ne parle pas de moi et trouvez bon que je m'oublie. Qu'importe ce qui m'arrive ! J'ai été exilé de France pour avoir combattu le guet-apens de décembre et m'être colleté avec la trahison ; je suis exilé de Belgique pour avoir fait Napoléon le Petit. Eh bien ! Je suis banni deux fois, voilà tout. Bonaparte m'a traqué à Paris, il me traque à Bruxelles. Le crime se défend, c'est tout simple. J'ai fait mon devoir, et je continuerai de faire mon devoir. N'en parlons plus. Certes, je souffre de vous quitter, mais est-ce que nous ne sommes pas faits pour souffrir ? Mon cœur

[44] Léopold Ier, roi des Belges depuis 1830.
[45] Le 5 août 1852, paraît Napoléon le petit.

saigne, laissons-le saigner. Ne nous appelons-nous pas les sacrifiés ? Permettez donc que je laisse de côté, ce qui me touche, pour vous remercier mes frères exilés et mes amis de Belgique, de vos fraternelles sympathies si fermement exprimées. Je ne sais rien de mieux, au moment de quitter cette terre hospitalière, au moment de nous séparer peut-être pour ne plus nous revoir, qu'une dernière malédiction à Louis Bonaparte et une dernière acclamation à la république. Vive la république, mes amis » !

« Mon fils Charles me dit qu'il faut que je dise un mot pour nos amis belges. Pensez-vous que je vais les oublier, eux qui nous entourent et nous accompagnent, une petite nation, mais un grand peuple. Ils sont accourus au-devant de nous, bannis de la nation voisine. Nous étions chassés, proscrits, poursuivis, bannis. Ils ne nous ont pas repoussés, n'ont pas eu peur de nous, et ils blâment ce jour la faiblesse de leur Roi et de son gouvernement qui a plié devant un nain. Amis belges, vous êtes nos frères, des frères qui ont tendu la main et à qui nous tendons la nôtre. Un jour, demain peut-être nous ferons partie d'une seule nation, les États-Unis d'Europe. La démocratie sera notre patrie. La république sera notre constitution. Le mot de citoyen sera notre titre. Vive la république universelle[46] ! »

[46] Transcription exacte du discours prononcé à Anvers pour répondre aux exilés français, réfugiés en Belgique, et aux élites belges qui venaient

Île de Jersey, Saint Helier, le 16 août 1852.

– Vois-tu, Auguste[47], la mort de ma fille et de ton frère nous ont rapprochés, mais au-delà de ce drame, un lieu indéfectible nous unit depuis fort longtemps.

– Oui, et je suis heureux de venir te voir ici régulièrement. Ta maison est belle et tu as bien fait de t'installer ici avec ta famille. Elle baigne au pied de l'océan. On dit que ton livre se vend à merveille, Hetzel pense déjà à une réédition dès septembre.

– Oui, je suis content. Je sais qu'on l'introduit en France dans un petit format, ce qui facilite son entrée en contrebande. Il pourra tomber goutte à goutte sur Napoléon le Petit et y ferra un trou. Je continue mon livre de vers, les Châtiments. Le titre est menaçant et simple, c'est-à-dire beau. Il sera violent. Je veux distiller là aussi dans les cœurs et les esprits, l'idée d'un châtiment autre que le crime. Je suis persuadé qu'il tombera en disgrâce, miné par la guerre, la maladie, l'abandon des proches, et la misère de ses desseins. Il sera de nouveau en prison pour expier dans la douleur et la solitude sa trahison contre la République.

– Comment peux-tu prédire cela, mon ami ?

---

l'accompagner jusqu'à l'embarquement. Il y eut une forme de séparation solennelle entre ces hommes, dont la plupart devaient mourir en l'exil.
[47] Auguste Vacquerie, le frère de Charles, époux de Léopoldine.

– Je l'ai vu. Je l'ai perçu, je l'ai ressenti. Mais je ne peux te l'expliquer !

– Revenons à notre environnement immédiat. Connais-tu ce qu'on appelle le daguerréotype[48] ?

– Bien sûr, l'invention de Monsieur Daguerre. Adèle avait voulu faire le portrait de notre fille, il y a quelques années. L'homme m'avait expliqué le procédé qui permet de raccourcir le temps de pose et de fixer l'image sur une couche d'argent.

La famille Hugo en exil à Jersey.

– J'ai le projet avec l'aide de tes deux fils de réaliser une série de portraits de la famille. Et nous pourrions faire des images de l'île et publier un livre illustré de celle-ci.

[48] Ancêtre de la photographie.

– Excellent, nous pourrions les faire aussi de nos amis proscrits, et les diffuser en France. Je ne doute pas que leurs familles soient ravies.

— Camille[49], je voudrais correspondre avec ma fille Léopoldine. Je pourrais lui parler. Je suis en contact avec Delphine de Girardin. C'est une femme de lettres très douée, et elle pourrait m'initier au spiritisme.

— Tu vas encore faire régir ton fils Charles qui va de nouveau te maudire pour toutes tes maîtresses.

— Non, ce n'est pas le cas, enfin pas encore. Mais que veux-tu, il me juge, me scrute, il voudrait tellement que je sois à l'image de ce qu'il souhaite. Mais je suis un homme faible, des aventures oui, j'en ai eu et j'en aurai encore. Je suis un incorrigible séducteur, mais j'en ai besoin. Mon inspiration vient aussi de mes amours. Certains auteurs n'ont qu'une seule muse. Moi, il m'en faut d'innombrables, je m'inspire de tellement de muses. Et je les aime toutes, différemment bien sûr, mais chaque amour est sincère. Adèle mon épouse me soutient dans mes combats et me tranquillise. Juliette me pousse, me force à l'écriture. Sans elle je ne continuerai pas à écrire les Misères[50]. Léonie m'a fait entrevoir la difficulté d'être femme dans notre siècle, elle qui est romancière, exploratrice et militante tout à la fois. Sais-tu que c'est elle qui m'a fait rejoindre le parti de la Montagne de

[49] Camille Berru, son ami de toujours, rédacteur en chef de l'Événement.
[50] Qui deviendra les Misérables.

par ses combats sur le divorce. Et toutes celles que je retrouve après avoir fini un livre, un poème, un chapitre et qui me permettent de me replonger dans le tourbillon de la vie après avoir vidé tous les méandres de mon cerveau dans les mots, les phrases et les vers. Je suis comme cela, dois-je changer ? Je ne serai plus moi-même. Je ne serai plus celui qui veut se remettre en cause jour après jour. Je ne serai plus l'homme des combats, combat contre la peine de mort, combat contre la misère, combat pour le divorce, combat pour le suffrage universel, combat pour la République, pour l'Europe des nations, contre la censure, contre la répression, en deux mots, la liberté et la dignité. Mais je m'égare, écris-tu toujours un livre sur les exilés ?

– Oui, j'ai le titre, le « Revers d'une médaille ». Ton fils Charles va m'aider. Tu le sais, je suis un journaliste, je décris les faits. Je ne suis pas un romancier, je ne sais pas décrire les sentiments et les personnages. Mais ce livre me tient à cœur, alors l'accouchement sera difficile, mais il sera, j'en fais le serment[51].

---

[51] Il sera publié après sa mort en 1878, Victor Hugo le fera préfacer par un texte de son fils Charles, écrit bien avant sa mort en 1871.

Île de Jersey, Saint Helier, le 2 septembre 1853.

– Charles, as-tu des nouvelles de notre ami Camille ?

– Oui, il a enfin trouvé un emploi plus en adéquation avec ses compétences et ses qualités. Professeur dans un établissement de bain de Bruxelles, il s'en amusait, mais j'étais triste de le voir pratiquer ce métier. Il écrit maintenant au journal « l'Indépendance belge » comme chroniqueur des faits divers de la ville. Cela ne le fait pas vivre correctement, il donne aussi des cours de français. Je vais raconter ses combats pour survivre après sa fuite de la France[52].

– Je connais le rédacteur en chef, Léon Berardi, je vais lui écrire et dire tout le bien que je pense de notre ami. Il pourrait avec ses compétences être l'âme du journal. J'attends dans quelques jours Delphine Girardin pour ce que tu sais.

– Père, faire tourner les tables ne fera pas revenir Léopoldine !

– Je le sais bien fils, mais je voudrais tellement savoir ce qu'elle pense, ce qu'elle est, ce qu'elle devient dans la mort. Et…je voudrais percer le secret de la vie et de la mort. Vois-tu, j'ai toujours pensé qu'un poète est un passager visionnaire de la vie. Sinon, que reste-t-il ? La mort n'est qu'illusion trompeuse, car le verbe reste. Je me plais à penser que je

[52] Les Hommes de l'exil.

contemple le mur des siècles et que je pourrai décrire tous les actes du passé et voir défiler les hommes qui ont fait cette humanité. Je crois que celle-ci est un seul et même individu. Il accomplit à chaque époque une série d'actes qui sont autant d'épopées et le feront passer siècle après siècle des ténèbres à la lumière. Car il y a une route tracée avec de part et d'autre Dieu et Satan, le bien et le mal. De cette lutte viendra la liberté de l'homme. L'aboutissement sera la Révolution, l'acte ultime de cette libération. Cela sera la fin de Dieu et de Satan, l'avènement de l'homme[53].

– Père, je n'y crois pas, mais je participerai aux séances, et l'on verra. Je rejoins le scepticisme de Juliette, elle a peu de sympathie pour les esprits et parle de commerce avec l'autre monde. Elle parle de diableries et pense que cela peut être dangereux pour notre raison et la tienne[54].

[53] La légende des siècles sera écrite entre 1854 et 1883.
[54] Une étude récente avance l'hypothèse que Victor Hugo aurait été atteint d'une maladie mentale qu'on appelle la « paraphrénie fantastique », provoquant parfois une activité littéraire liée à l'imagination et à l'hallucination entremêlée. On peut aussi parler de « génie littéraire ». Mais où est la frontière entre les deux ?

– François-Victor, je l'ai bien entendue, elle était présente.

– Père, on a juste senti la table bouger, enfin de petits soubresauts. Mais si tu veux y croire, libre à toi.

– Ton frère Charles était sceptique, il est maintenant adepte !

– Et je ne suis pas surpris de cela. En apparence, il s'est toujours opposé à toi, mais juste en apparence. Il voudrait tellement te ressembler, être toi, devenir comme toi, penser comme toi, écrire comme toi, qu'il en oublie parfois qu'il n'est pas toi. Il semble écrasé par toi. Aussi, son revirement ne me surprend pas.

– Mais les autres aussi, en dehors de Juliette, sont persuadés qu'elle a correspondu avec nous.

– Père, regarde autour de toi, cette maison, perdue au fond d'un ravin, déserte, bordée par la mer qui se déchaîne par les tempêtes de la Manche. Un cimetière voisin qui nous écrase de ses tombes, un dolmen tout proche où les légendes du passé circulent. Si l'on écoute les habitants de l'île, des hommes sans tête se promènent sur la plage la nuit et des dames druidesses jettent des sorts aux passants lors des pleines lunes. Avoue que cela incite à la légende de la dame blanche qui est maudite de par l'infanticide qu'elle a commis, de la dame noire qui a immolé son père sur le dolmen et d'une autre dame de je ne sais plus quelle couleur, qui a été condamnée à se balader sur les rochers pour je ne sais plus quel crime commis. C'est un pays de légende, et les lieux nous poussent à croire ou à imaginer certaines choses que nous ne pourrions pas croire dans les rues de Paris ou de Londres.

— Elle s'est pourtant manifestée !

— Sous le nom d'Ame Sorror. Quel nom étrange. Et puis j'ai cru reconnaître ta prose quand elle s'exprimait, ta façon de parler et d'écrire, ta verve si reconnaissable.

— Crois-tu que je truque les séances, que j'ai installé je ne sais quel procédé pour tromper la famille.

— Non, père, mais je crois par contre que vous avez un don de médium et de voyance, cela, j'en suis sûr. Vous voudriez tellement la revoir, que vous pouvez nous influencer. Votre conscience s'élargit, et vous devez ressentir ce que nous ne pouvons pas ressentir.

— Bien, n'en parlons plus, nous verrons par la suite, mais je vais tout recueillir dans un livre. Pour changer de sujet, mon recueil de poésie sera publié dans quelques semaines, notre ami Hetzel s'en charge.

– Il aura de la difficulté à le faire passer clandestinement en France, les frontières sont surveillées. Louis-Napoléon vous craint.

Île de Jersey, Saint Helier, le 3 janvier 1854.

– Tapner, il a été condamné et va être exécuté. Cela me révulse.

– Victor, que peux-tu faire ? Il a assassiné une habitante de l'île de Guernesey, pour la voler, et a mis le feu pour effacer son crime.

– Adèle, je vais rédiger un appel contre la peine de mort. Ce crime est abominable, mais son exécution ne l'effacera pas. Cet homme est une brute, mais sa mort ne le changera pas. Cette sentence a été rendue avec un examen minutieux des faits, une défense juste, un jury responsable et un magistrat honorable, mais son exécution sera l'exécution des habitants de cette île. Car enfin, en commuant cette peine, son remords sera sa nouvelle sentence, bien pire que la première qui n'amène que le néant.

– Ils ne t'écouteront pas, la mémoire de cette dame assassinée est encore dans les pensées des habitants.

– Il y a eu un précédent. En 1851, un homme ici à Jersey en a tué un autre d'un coup de fusil. Jacques Fouquet a été déclaré coupable et condamné à mort. Les habitants ont signé une pétition pour obtenir la grâce de cet homme. Ce peuple est généreux. Il fera de même pour cet ivrogne de 30 ans. Oui, trente ans l'âge de nos fils. Non, je ne peux pas laisser faire cela. Car, le 27 janvier, une corde sera prête à lui être passée au cou. Veux-tu que je te décrive comment cela va se dérouler ! Tapner sera devant le nœud coulant. Ses pieds seront sur la trappe. Le bourreau va rabattre une cagoule sur son visage. Il aura les mains attachées. Puis le bourreau va presser le ressort de la trappe. Elle va s'ouvrir. Un trou se fera sous le condamné. La corde va se tendre. On pensera que l'homme est mort. Cela sera peut-être si la rupture de la moelle épinière l'a tué de suite. Sinon, il remuera, ses jambes vont s'élever puis s'abaisser, l'une après l'autre comme s'il essayait de gravir des marches invisibles. Ses mains vont s'agiter comme s'il demandait du secours qui ne viendra pas. Le corps va osciller dans tous les sens. Dans un dernier sursaut, le corps va se cabrer puis va retomber, puis s'immobilisera. L'homme sera mort après cette horrible agonie. Voilà ce qu'est, une condamnation à mort.

Île de Jersey, Saint Helier, le 8 février 1854.

– Ah, Hugo, tu te souviens de moi quand tu es malheureux. Je suis recluse ici dans cette demeure non loin de la tienne, tu vois mes fenêtres des tiennes, et tu me rends visite que bien peu de fois.

– Juliette, tu m'as accompagnée dans mon exil, tu viens dans ma demeure. Tu sais que depuis des années qu'Adèle et moi ne vivons plus charnellement, nous sommes présents ensemble sous le même toit pour nos enfants. Tu fais partie de la famille, mes fils viennent te voir et t'acceptent volontiers. Tu fais partie de ma vie, ne me demandes pas l'impossible.

– Et quel est cet impossible ?

– Faire comme les autres ! Oh, je ne suis pas différent, ni supérieur ni inférieur aux autres, mais je ressens les choses et les êtres différemment, et je vis mille vies au même instant.

– Que viens-tu me dire ?

– Tapner, ils vont l'exécuter le 10.

– Mais, il a été gracié ! Ta lettre a ému les habitants, une demande à la Reine a été envoyée, les journaux britanniques se sont emparés de l'affaire et ont pris parti pour ton appel. Leur gouvernement a accordé par trois fois un sursis. Nous étions tous persuadés, et toi le premier, que la grâce serait accordée.

– Tout cela est vrai, mais je n'avais pas prévu que l'ambassadeur de France irait voir le secrétaire d'État aux affaires intérieures, Lord Palmerston. La décision vient de tomber juste après cette visite, il sera exécuté dans deux jours.

– Et tu crois que cela est lié ?

– Oh oui ! L'ambassadeur Walewski a agi sur ordre de Louis-Napoléon. Il se tient informé de ce que je fais, de ce que j'écris, de ce que je dis. Et pour lui, c'est trop, moi demander une grâce pour un assassin qui aurait pu être accepté par la Grande-Bretagne, alors que je le traite aussi d'assassin dans mes écrits et que je ne réclame pas le pardon en ce qui le concerne. Il ne pouvait pas, il aurait été de nouveau ridicule dans toute l'Europe. Quant à cet ambassadeur, non content d'avoir fait reconnaître le Second Empire par Londres, il intervient aussi et avec habileté dans les décisions internes des Britanniques. Lui, fils de Marie Walewska, le fils naturel de Napoléon Ier[55] ! Décidément cette famille me poursuit.

---

[55] Des tests ADN récents l'ont prouvé. Il fut souvent appelé aux affaires par Napoléon III, ce qui fit dire aux opposants, « Chassez le naturel, il revient au galop ».

– Tu dis cela, parce que cet homme a eu une liaison avec ta tragédienne préférée[56] !

---

[56] Rachel Félix, grande tragédienne, sera un modèle pour Sarah Bernard. Pour Victor Hugo, qui l'admire, mais sans amour, elle avait la perfection, mais rien de plus.

Île de Jersey, Saint Helier, le 12 février 1854.

– À Lord Palmerston.

« Monsieur,

Vous avez accordé, par trois fois un sursis à l'assassin Tapner, après une pétition ayant recueilli nombre de signatures dont des ministres du même gouvernement que vous. Sursis signifie commutation. J'ai, nous avons, l'île de Guernesey a respiré. Le gibet ne sera point dressé. Le gibet s'est dressé. Tapner a été pendu. Pourquoi ?

Il se dit des choses, Monsieur devant lesquelles, je détourne la tête. Non, cela ne peut être vrai ! Ma voix d'exilé demande une grâce dans une île perdue de l'Europe sans que Bonaparte ne l'entende, sans que Bonaparte n'intervienne, sans que Bonaparte y mette l'interdit. Quoi, Bonaparte qui possède toutes les guillotines de France aurait voulu une potence à Guernesey ! Et vous auriez, vous, Monsieur, craint de faire de la peine à Bonaparte ! Non, je ne le crois pas, je ne puis le croire, je ne puis l'admettre, quoique j'en tremble ! Dans cette grande et généreuse nation que la vôtre, la Reine aurait le droit de grâce, et Bonaparte le droit de la refuser ? Il serait ainsi tout puissant sur cette terre, non content d'interdire aux journaux français d'en parler, il aurait interdit à la Reine de commuer la peine de mort. Je constate les faits, rien de plus. Vous avez ordonné que la justice suive son cours. Il est mort, tout est fini. Transmettez la nouvelle à Bonaparte, il a été pendu ! Décrivez dans la dépêche aux Tuileries les derniers instants de cette mort. Au moment de la chute, les jambes se sont dressées comme si elles essayaient de monter des marches. Les mains étaient déliées, les cordes s'étaient rompues avec la chute. Elles se rapprochaient comme pour demander grâce dans une dernière prière. La corde s'est mise à osciller. Il a réussi à agripper le bord de la trappe, puis il est retombé, puis a recommencé. Il a réussi a relevé son bonnet. La foule a vu son visage. Le bourreau a alors descendu dans la fosse et a appuyé sur les épaules. Ils ont lutté, le bourreau a gagné le combat. Pour en finir, il s'est suspendu à ses pieds. C'était fait, dites bien à Bonaparte que le condamné et le bourreau se sont balancés au bout de la corde, le crime et la loi. C'est la loi qui a vaincu, le crime est mort. L'agonie fut lente. Douze minutes, oui il a fallu douze minutes pour le faire mourir. Dites bien à Bonaparte qu'il faut parfois des années avant de mourir en expiant son crime. Car enfin, pourquoi Tapner, au lieu de tuer une femme, n'en a-t-il pas tué des centaines ? Pourquoi n'a-t-il pas tué aussi des vieillards et des enfants ? Pourquoi n'a-t-il pas au lieu de forcer une porte, forcer un serment ? Pourquoi n'a-t-il pas au lieu de voler quelques schillings, volé 25 millions. Pourquoi n'a-t-il pas au lieu de brûler une maison, brûler Paris. Car, alors Tapner aurait un ambassadeur à Londres *!*

Je suis Monsieur, votre dévoué. »[57]

Victor Hugo.

Île de Jersey, Saint Helier, le 17 avril 1855.

– Lettre à Louis Bonaparte…

– Pourquoi, as-tu supprimé le Napoléon ?

– Juliette, je lui dénie le droit de porter le prénom de l'Empereur, pour deux raisons, il ne sera jamais un aigle, mais un vautour et il ne sera jamais son neveu. Ce sont deux raisons suffisantes.

– Mais pourquoi donc ne veux-tu pas qu'il vienne rendre visite à la Reine ?

– Mais que vient-il faire ici ? À qui en veut-il au peuple de l'Angleterre ou aux proscrits de la France ? J'ai prononcé un discours sur la tombe du dernier mort ici en exil, 29 ans. Te rends-tu compte ? Félix Bony, 29 ans ! Avant, nous nous sommes arrêtés devant la tombe d'un nouveau-né, le fils de notre compagnon, Eugène Beauvais, mort avant de vivre, des douleurs de la mère. Félix, lui, avait été soldat, puis ouvrier, puis un travail au rabais, puis au chômage, puis la maladie. IL avait tout connu de la misère. Il était aussi républicain, alors il a été proscrit après le 2 décembre. Il est mort de nostalgie, de misère, loin de sa mère, loin de son enfant, loin de son épouse, loin de tout et de tous. Trois ans d'agonie qui l'ont épuisé, il est mort de vieillesse, Juliette, tu m'entends, il est mort de vieillesse ! Alors ce Bonaparte doit laisser l'exil tranquille, puisque exil il y a. Qu'il ne vienne surtout pas. Il risque de souiller l'Angleterre, sa liberté, son peuple, sa Reine. Il jurera la main sur le cœur une fidélité indéfectible à cette alliance entre les deux pays, pour mieux la bafouer et la fausser, lui le plus grand faussaire de l'honneur !

— Il peut rechercher la paix entre les deux nations, depuis le temps qu'elles se combattent.

— Juliette, regarde ! Ces gens lisent, écrivent, interrogent, pensent, crient, et respirent comme bon leur semble. Il ne sera pas à sa place, ici dans un pays où le soldat, l'espion, le jésuite garde sa place et dans un pays où les juges rendent la justice. Et puis, il va visiter Londres, habillé en Empereur, ira au square Trafalgar, au square Waterloo passera devant la colonne Waterloo, sa voiture d'apparat empruntant le pont Waterloo. Quelle ironie ! Mais qu'il vienne, qu'il lise les journaux libres, qu'il écoute les personnes qui s'expriment librement, qu'il entende le doux son d'un peuple libre qui bruisse chaque jour de ses rumeurs et de ses colères.

— Victor, tu sais qu'on nous dit de nous taire, ici à l'occasion de cette visite, et qu'on nous dit que si on élève la voix maintenant, nous serons exclus de Jersey.

— Sortir à l'instant où il entre, ce serait juste !

Île de Jersey, Saint Helier, le 10 octobre 1855.

– Lettre ouverte à la Reine ! Tu as raison, Félix[58] ! Le journal[59] doit la publier.

– Je lui demande de ne pas se rendre à Paris, voir Bonaparte.

– Il faut frapper un grand coup comme Napoléon Ier, vider ses légions, engager ses réserves, envoyer la cavalerie, tirer tous les boulets disponibles, et faire manœuvrer la Garde impériale contre Louis Bonaparte, l'usurpateur. Comptes-tu l'envoyer à Londres ?

– Oui, les Londoniens pourront la lire, veux-tu que je te lise les principaux passages.

– Avec plaisir !

« Madame,

Pour prix de l'hospitalité que nous tenons des lois de votre pays, permettez-nous de vous offrir quelques réflexions sur votre voyage à Paris, à l'occasion de l'exposition universelle. D'abord nous vous félicitons d'être revenus, saine et sauve, car ce n'était pas sans risques que vous étiez partie. Vous avez visité Paris, dîné aux Tuileries, dansé à l'Hôtel de ville, soupé au Trianon, redansé à Versailles.

---

[58] Félix Pyat, journaliste, républicain, acteur plus tard dans la Commune de Paris.
[59] Journal des proscrits de Jersey, « l'Homme ».

Mais maintenant que la fête est finie, les bougies éteintes, les feux d'artifice tirés et que vous êtes revenu at home, et reprit votre sang-froid, votre thé, votre beurre et votre raison, allons Madame, que signifie cette visite ? Qu'allez-vous faire chez cet homme ? Vous voulez partager l'amitié et l'estime d'un homme pareil, violant la morale et entachant la conscience, et en faire votre allié ? Mais vous avez tout sacrifié, la dignité, l'orgueil, les scrupules, les sentiments, le rang, la race, tout jusqu'à la pudeur, pour cet allié !

Méfiez-vous, il vous fera plus de mal que les Normands et les Russes réunis. Le fourbe perce, il va vous traiter en vassale, vous donner ses ordres, et quand vous serez assez compromise, il fera son coup d'État européen. L'Europe, a dit son soi-disant oncle, sera républicaine ou cosaque, ni l'une, ni l'autre, dit le soi-disant neveu, elle sera Louis Bonaparte. »

Alors, qu'en penses-tu ?

– Cette lettre est éloquente, ironique, spirituelle. Il va en profiter pour demander l'expulsion de tous ceux qui signeront cette lettre.

– Veux-tu la signer ?

– Oui, et j'attends mon heure. Je serai expulsé aussi en adressant également une lettre au peuple anglais. Toutes les divisions, te dis-je !

Île de Jersey, Saint Helier, le 17 octobre 1855.

« Lettre à l'Angleterre !

Trois proscrits, Ribeyrolles, l'intrépide et éloquent écrivain, Pianciani, le généreux représentant du peuple romain et Thomas, le courageux prisonnier du Mont-Saint-Michel, viennent d'être expulsés de Jersey.

L'acte est sérieux. Qu'y a-t-il à la surface ? Le gouvernement anglais. Qu'y a-t-il au fond ? La police française.

Le coup d'État vient de faire son entrée dans les libertés anglaises. L'Angleterre en est arrivée à ce point, proscrire des proscrits. Encore un pas, et l'Angleterre sera une annexe de l'empire français, et Jersey sera un canton de l'arrondissement de Coutances.

À l'heure qu'il est, nos amis sont partis. L'expulsion est consommée. L'avenir qualifiera le fait. Nous nous bornons à le constater. Nous en prenons acte, rien de plus. En mettant à part le droit outragé, les violences dont nos personnes sont l'objet nous font sourire. La Révolution française est une permanence, la République française est le droit, l'avenir est inévitable. Qu'importe le reste !

Voici ce que nous disons, nous, proscrits de France, à vous, gouvernement anglais : Bonaparte, votre « allié puissant et cordial », n'a pas d'existence légale, car il est prévenu du crime de haute trahison.

Bonaparte, depuis quatre ans, est sous le coup d'un mandat d'amener de la haute cour de justice de la France. Il a prêté serment, comme fonctionnaire à la République, et s'est parjuré. Il a juré fidélité à la constitution et a brisé la constitution. Il a violé toutes les lois. Il a emprisonné les représentants du peuple inviolables et chassé les juges. Pour échapper au mandat d'amener de la haute cour, il a fait ce que fait le malfaiteur pour se soustraire aux gendarmes. Il a tué, sabré, mitraillé, exterminé, massacré le jour, fusillé la nuit. Il a suborné les soldats, suborné les fonctionnaires, suborné les magistrats. Il a volé les biens de Louis-Philippe à qui il devait la vie. Il a séquestré, pillé, confisqué, terrorisé les consciences, ruiné les familles. Il a proscrit, banni, chassé, expulsé, déporté en Afrique et à Cayenne quarante mille citoyens, du nombre desquels sont les signataires de cette déclaration.

Nous déclarons Louis Bonaparte prévenu du crime de haute trahison, voilà ce que nous dirons toujours, nous qui n'avons qu'une âme, la vérité, et qu'une parole, la justice.

Et maintenant, expulsez-nous *!* »

Île de Jersey, Saint Helier, le 15 octobre 1855.

– Vois-tu, Camille, il a bien manœuvré !

– Il est donc derrière tout cela, derrière cette expulsion ?

– Mes amis de Londres m'ont indiqué qu'il a fait agir un bon ami à lui, Sir Frederick Peel. L'homme n'est pas très connu, mais son père a été Premier ministre jusqu'en 1850, et il fait partie de la Chambre des Lords. Il m'a dénoncé à ses pairs comme un homme dangereux. Il a précisé à la Reine que j'aurai une querelle personnelle avec le « distingué » personnage que le peuple français s'est choisi pour souverain. Tu entends mon ami, « *le distingué personnage que le peuple français s'est choisi* » ! Louis Bonaparte l'emploie comme l'un de ses ambassadeurs. Il s'en est servi pour discréditer les proscrits de décembre auprès du gouvernement anglais, et lui a demandé d'intervenir pour réclamer aux ministres de la Reine, un moyen afin de faire cesser mes actes, mes déclarations et mes publications. Cette demande a été faite l'année dernière en décembre 1854.

– Que vas-tu faire ?

– Moi, rien, pardi ! Je suis indifférent à ses manœuvres et rien ne m'empêchera d'envoyer mes adresses au peuple anglais et à Bonaparte. Par contre, la colère de celui-ci est importante. Il va mettre l'amitié et le traité d'entente franco-britannique dans la balance, n'en doute pas. On m'a dit que des espions français ont déchiré mon appel dans les rues de Londres. Mais vois-tu Camille, cela me réjouit ! Cela démontre que mes écrits portent et le déstabilisent. Il en vient même à vouloir rompre des traités internationaux pour essayer de m'atteindre.

– L'expulsion de Ribeyrolles, Pianciani et Thomas montre que la Reine commence aussi à s'émouvoir.

– C'est pour cela que j'ai écrit cette lettre au peuple de cette Reine. Sans le savoir, elle montre ainsi qu'elle devient son complice et elle ne sera pas tranquille de cette amitié néfaste.

– Le gouvernement anglais, sur demande de la Reine, va t'expulser !

– J'y compte bien, l'ordre sera donné au bailli de l'île, ainsi les habitants de Jersey verront.

Île de Jersey, Saint Helier, le 27 octobre 1855.

– À qui ai-je l'honneur de parler ?

– Je suis le connétable[60] de la ville, et je suis chargé par son excellence, le gouverneur de Jersey, de vous dire qu'en vertu d'une décision de la couronne, vous ne devez plus séjourner dans l'île. Vous devez la quitter dans quelques jours.

– Pour quels motifs ?

– Votre soutien et votre signature dans la déclaration de soutien aux expulsés qui est affichée dans les rues de Saint-Hélier. Je dois faire aussi faire la même déclaration à vos fils ici présents, Charles Hugo et François-Victor Hugo. Vous devez aussi quitter l'île.

– Remplissez votre mandat, Monsieur ! Je constate seulement que le gouvernement anglais cache ce qu'il écrit alors que nous, nous signons et publions ce que nous écrivons.

– Comment cela, Monsieur, c'est une décision du gouverneur de Jersey !

– Je me plais à penser que cette réponse cache votre indignation et votre honte de devoir remplir ce que l'autorité anglaise vous demande de faire. Vous ne répondez pas, je

[60] Constable, officier de justice chargé de faire exécuter les lois.

prends cela pour un acquiescement. Je souhaite simplement vous faire la bonne mesure de l'acte auquel vous vous prêtez ce jour. Car enfin, vous avez été élu par les habitants de cette île dont vous faites partie. Vous obéissez à un ordre donné par le gouverneur militaire britannique de Jersey. Que diriez-vous, s'il vous donnait l'ordre d'expulser l'un d'entre vous ou l'ordre d'arrêter l'un d'entre vous ? Car enfin, l'établissement de ma famille et de moi-même sur cette île a bien été accepté par votre conseil. Que diriez-vous s'il envoyait ses soldats pour expulser ou arrêter l'un d'entre vous ? Je suppose que devant cette violation du droit de votre territoire, les juges de votre cour rendraient un arrêt pour déclarer le gouverneur prévenu du crime de haute trahison.

– Monsieur…

– Je suppose aussi que les habitants se réuniraient pour protester, résister et peut-être prendre les armes et dresser des barricades. Que diriez-vous si le gouverneur militaire en réponse à cette résistance faisait massacrer des femmes, des enfants, des vieillards, des passants. Que diriez-vous si le gouverneur de Jersey faisait cela ? Vous restez muet, répondez, Monsieur !

– Je dirai que le gouverneur aurait tort.

– Ah, Monsieur, il faut faire attention aux mots que vous employez ! Si nous nous rencontrons dans la rue et que je ne vous salue pas, vous pourriez dire : « *j'ai rencontré Monsieur Victor Hugo, je l'ai salué et il ne m'a pas répondu. Il a eu tort* », et vous auriez raison d'employer ces mots. Mais si un homme étrangle un autre homme devant vous, diriez-vous qu'il a eu tort ? Non, les mots ne seraient pas justes. Vous diriez que c'est un criminel et vous auriez alors raison. Et bien, Monsieur, un homme qui tue la liberté, qui étrangle la justice, qui bafoue un peuple, n'est-ce pas un criminel ? Répondez-moi, Monsieur !

– Oui, il commet un crime.

– Je prends acte de votre réponse d'honnête homme, Monsieur ! Et je poursuis ! Pourchassé dans votre mandat d'élu du peuple, Monsieur, chassé de votre pays, exilé, vous vous réfugiez dans un pays que vous croyez libre parce qu'il le dit haut et fort. Vous publiez alors le crime dont vous avez été l'objet et vous affichez sur les murs du pays libre qui vous a accueillis, l'acte de votre cour de justice qui le déclare coupable et qui le condamne. Votre première action d'homme réfugié dans un pays libre est de faire savoir l'arrêt de votre cour de justice qui vous innocente des poursuites dont vous faites l'objet, parce que le criminel qui vous a chassé a nommé d'autres juges pour le faire. Et vous faites ainsi connaître l'acte monstrueux qui vous a privé et vous prive de votre liberté, de votre droit, de votre patrie, de vos amis, de votre famille. Diriez-vous, Monsieur, que vous n'usez de votre droit ? Que dis-je, ne diriez-vous pas que vous faites votre devoir ? Vous gardez de nouveau le silence. Répondez, Monsieur, mes fils et moi sommes les historiens et nous écrivons aujourd'hui une page d'histoire. Répondez, Monsieur ! N'useriez-vous pas de votre droit ? Ne feriez-vous pas votre devoir ?

– Si fait, Monsieur.

– Vous êtes un honnête homme Monsieur, votre conscience a parlé.

Île de Jersey, Saint Helier, le 30 octobre 1855.

– Tu pars demain pour Guernesey.

– Oui, Camille, le conseil de Guernesey a accepté notre présence dans leur île, un peu outragé de ce qui s'est passé ici, à Jersey.

– Leur administration est plus indépendante Victor, chaque île anglo-normande a ses propres lois, ses propres règles. À la fin de l'intervention du connétable, et de ses deux aides, leur as-tu lu la déclaration ?

– Oui, ils ne pouvaient plus faire autrement que de l'écouter, et j'espère qu'ils raconteront leur aventure partout dans l'île. À chaque phrase, je leur ai demandé si j'avais raison, à chaque fois, ils ont répondu oui. Alors je leur ai demandé si c'était pour cette déclaration qu'ils approuvaient l'ordre d'expulsion qu'ils venaient de signifier pour mes fils et moi. C'est alors que l'un des officiers a avoué que notre expulsion était la conséquence de la lettre de Félix Pyat à la Reine.

– Mais, ils ont signifié l'ordre de par les signatures au bas de la proclamation, et non de la lettre de Félix !

– Oui, mais je pressentais que ma lettre ouverte à Bonaparte lors de sa visite à Londres et la lettre de Pyat sonnerait le jugement, un jour ou l'autre, de notre expulsion.

Ensuite, le connétable m'a demandé quel jour je comptais partir. Je pensais qu'il voulait rendre compte au gouverneur quand nous aurions débarrassé cette terre de notre présence. Mais non, il disait vouloir me saluer le jour du départ.

– Que lui as-tu répondu ?

– Que je ne savais quel jour précis, mais que je comptais bien quitter Jersey le plus vite possible. Une terre où il n'y a plus d'honneur me brûle les pieds.

Île de Guernesey, Saint Pierre Port, le 2 novembre 1855.

– Nous voici à nouveau à devoir refaire notre vie ici.

– Oui, Charles, et je crains que nous n'y passions encore quelques années. Tu as vu, une foule immense nous a accueillis au port, notre combat est connu. Pour l'instant, nous resterons dans cet hôtel de L'Europe. C'est un beau nom, et nous trouverons vite une demeure pour nous loger. Il faut la trouver avant que ta mère, ta sœur, et Auguste Vacquerie nous rejoignent.

– Le propriétaire de l'hôtel m'a précisé qu'une maison meublée est à louer rue de Hauteville, face au port. Il dit que la vue est belle, elle permet de voir tous les ports de la Manche par beau temps. Un petit jardin complète la résidence.

– Alors, allons la visiter ! Si elle nous agrée, nous verrons par la suite s'il est possible de l'acheter. J'espère vendre mon recueil de poésie des « Contemplations ». Si la maison me plaît, je terminerai dans une des pièces, cette œuvre.

Île de Guernesey, Saint Pierre Port, le 2 janvier 1856.

– Hetzel, mon ami.

Je t'écris de notre nouvelle demeure à Guernesey. Les lieux me plaisent, l'endroit m'apaise. Je te confirme ce que je t'écrivais en mai de l'année dernière, je viens de terminer mon Chéops. Avant cette œuvre, je n'avais écrit que des Gizeh, en dehors bien sûr de mes livres de combat contre Bonaparte. Les contemplations seront ma grande pyramide. Je te joins avec ce courrier le manuscrit, prends en bien soin. Charles te le remettra en mains propres. C'est de la poésie pure. Elle est composée de deux parties, la première que j'ai appelée « Autrefois », pour des vers écrits entre 1830 et 1843 que j'avais gardés précieusement, dont certains ont été couchés sur le papier avant la disparition de ma pauvre fille. La seconde a été composée par la suite et jusqu'à nos jours. La principale partie a été faite à Jersey. Je l'ai baptisé « Aujourd'hui ». Le tout peut être dénommé « Les mémoires d'une âme ». Plus de 10 000 vers, le centre de toute cette œuvre est, bien sûr, Léopoldine, celle qui est restée en France. Elle a dû se mettre sur son séant de sa tombe de Normandie pour entendre ma poésie.

Car ce livre lui est dédié. Dans celui-ci vit mon âme, mon espoir, mon deuil, mon effroi. Depuis quatre années, j'ai fait jaillir un tourbillon de mes pensées transformé en vers. Quelqu'un d'autre me dictait les mots, et j'écrivais.

Alors oui, ce livre vit, palpite, respire. Les oiseaux m'ont dit de le donner aux vivants, ils le transporteront sur leurs ailes au-delà des mers. Ils le déposeront aussi sur sa tombe pour qu'elle puisse le lire au-delà de sa mort. Mon exil a permis cela, me rapprocher de ma fille disparue.

Dessin de Victor Hugo de Léopoldine à 13 ans.

Je me suis juré, depuis les derniers jours de ce funeste mois de décembre, que je ne rentrerais dans ma Patrie que lorsque le sol où repose Léopoldine sera libre, avant non. Je sais que l'on parle d'amnistie, que cet assassin commence à prendre peur des conséquences de son crime et voudrait le pardon de ceux qu'il a tués en suspendant les peines et les condamnations de ceux qu'il n'a pas pu tuer.

Mais je continuerai à regarder au loin de cette île Normande le cimetière de Villequier, là où les fleurs d'or d'azur, d'émeraude, d'argent, d'opale et de rubis poussent sur sa tombe.

Mon ami, je compte sur ta diligence pour faire paraître au plus vite cette œuvre à Bruxelles, bien sûr, mais aussi à Paris, elle ne peut pas être interdite, c'est de la poésie pure, et je ne fais aucune allusion à ce criminel.

Ton dévoué ami, Victor.

Île de Guernesey, Saint Pierre Port, le 30 avril 1856.

– Le succès a été immédiat père !

– Oui, François-Victor. Je le pensais, j'y ai mis mon âme. C'est aussi une seconde naissance poétique. Je pensais avant cela qu'un poète était un messager de Dieu. Mais la mort, l'exil, la politique m'ont fait douter de cela. Je ne le comprends plus. Je ne suis plus le message de Dieu, je suis le messager de l'infini. Je crois cependant toujours à l'immortalité de l'âme. J'ai reçu le livre de Paul Meurice[61] qui me demande de le corriger et de lui dire ce que j'en pense. Je n'en pense que du bien.

– Notre ami Meurice faire une faute, c'est impossible !

– Cependant, il en existe une ! Mais cela vient du correcteur qui a voulu transformer « ombelle » en « ombrelle » alors que le mot d'origine signifiant parasol ou ombre est bien « ombelle ». Mais je me demande parfois, s'il reçoit bien toutes mes lettres. Je lui ai écrit à plusieurs reprises sans avoir de réponse. La prochaine passera par la Belgique, car je suis persuadé que par la France, elles sont ouvertes et peut-être détruites. Il devra envoyer les extraits du livre à tous les journaux et critiques au même moment, le jour même de la mise en vente.

[61] Durant l'exil, il est chargé des intérêts financiers et littéraires de Victor Hugo. Le livre doit être « La famille Aubry ».

– Auguste Vacquerie vient de publier son livre « Profil et Grimaces ».

– C'est un grand livre, original et puissant. Beaucoup de chapitres ont été écrits lors de ses séjours avec nous. Parler du théâtre, des tragédies, de toutes les formes de tragédies, des comédiens, des poètes et des écrivains, tout en parodiant les critiques, quelle idée originale. C'est un livre de critique, mais aussi de lutte. Il a expliqué pourquoi j'avais brisé les tabous du drame lyrique et pourquoi j'avais voulu inventer le drame romantique. Hernani[62] fut au centre des passions de l'époque, comme cela paraît futile et vain maintenant 25 ans après.

– Père, je pense qu'à l'époque tu menais déjà un combat, les modernes contre les classiques, l'ouverture de l'art à toutes les formes nouvelles. Tu as brisé les carcans de la censure et de la tradition, un avant-goût du combat d'aujourd'hui.

– Oui, mais ce combat d'avant-garde ne tuait pas. Son livre paraîtra en même temps que le mien, alors « Les contemplations » perdront leur calme, leur deuil, leur intimité, je vais lui demander de décaler le sien de quelques jours, ou je décalerai le mien de quelques jours, sinon on va accoupler les deux et les mélanger.

[62] Présenté la première fois à la comédie française en février 1830.

– Tu m'as dit avoir reçu une lettre de Lamartine.

– Oui, en réponse aux extraits de mon livre, il m'envoie son dernier livre. De ma poésie, il me répond en prose, mais c'est aussi de la poésie. Je suis fier qu'il me lise, et encore plus heureux de lire ses pages. Je me sens proche de lui, pourtant nos personnes sont éloignées et nos pensées divergentes.

– Il est très critiqué pour ses livres et ses pensées politiques, père !

– Pourtant, je ressens une âme noble et généreuse. Il pousse le patriotisme jusqu'au dévouement, et celui-ci jusqu'à l'abnégation. Et qui le critique ? Flaubert, cet être immonde qui a vomi sur la République ! Georges Sand dont j'admire l'œuvre littéraire, mais qui soutient que les coups d'État ne sont pas plus illégitimes que la République bafouée. Alexandre Dumas fils, qui déroule un tapis de honte et de courbettes, devant Bonaparte. Allons, fils, je préfère un Lamartine à tous ceux-là !

– Enfin, propriétaire ! Adèle, la vente de mon livre nous permet d'acquérir cette demeure.

– C'est une somme importante, 24 000 francs. Mais nous sommes toujours proches de la mer et du port. La vue est pratiquement identique.

– Nous l'appellerons « Hauteville House ». Ce livre m'a donné un toit.

– Mon ami, j'espère que cela ne va pas nous ancrer définitivement dans l'exil.

– Nous allons l'aménager, j'ai des idées précises pour la décoration. Nous y emménagerons après les travaux.

– Cette maison risque alors de devenir une création du grand Victor Hugo, j'en ai peur. Cela sera à ton image sur tous les étages. Et si on nous expulse de nouveau ?

– Impossible, nous sommes maintenant propriétaires, la loi de Guernesey l'interdit, notamment si je m'acquitte du droit de poulage. Une survivance d'une loi féodale qui consiste à donner à la Reine, deux poules ou l'équivalent en monnaie sonnante et trébuchante. Je compte bien m'en acquitter tous les ans. Nous n'avons plus de patrie, Adèle, mais nous aurons un toit. Les ouvriers vont intervenir durant quelques mois, mais nous pourrons y habiter avant la fin de l'année. Je ferai graver deux « H » entrelacés sur la cheminée du salon.

— Pourquoi donc ?

— Hauteville Hugo !

— C'est bien ce que je craignais, une création artistique hugolienne de la cave au grenier.

— Je vais faire des croquis, et demander à un ébéniste de diriger l'équipe qui sera chargée de la décoration et de la création du mobilier. Nous trouverons dans l'île toutes les pièces, les miroirs, les tapisseries, les bahuts qui trouveront leur place dans cette demeure. La vaisselle sera gravée de mes initiales, VH, les carreaux aussi.

— Cette demeure sera toute entière un autographe.

Photo de la villa Hauteville House vers 1865.

Île de Guernesey, Hauteville House, le 6 novembre 1856.

– Enfin, nous pouvons y dormir, Auguste !

– Tu l'as bien mérité, cette demeure, le succès de ton œuvre ne se dément pas. Comment vas-tu organiser ta vie ?

– Regardez ma famille. Je sais qu'Adèle écrit un livre sur moi[63]. Je crains le pire. Charles continue d'écrire, après son roman « Le cochon de Saint-Antoine », qu'il compte faire publier l'année prochaine, il s'attelle à l'écriture d'un livre, qu'il va intituler « La bohème dorée ». Sais-tu qu'il a toujours été avec moi d'une grande timidité littéraire ? Je sais qu'il a noirci des milliers de pages, en les laissant au fond des tiroirs. Je lui ai même proposé des sujets que jamais je n'aurai écrits. Il les a écrits, puis les a laissés sommeiller. Mais cette fois-ci, je le sens traduire sur le papier blanc ses émotions, ses pensées, ses envies, ses sujets, son âme, alors oui, il continuera à écrire. Je crois qu'il contiendra des vérités sur ses parents et sur son amour de la France. Quant à François-Victor, le seul de la famille à parler couramment anglais, il s'est lancé dans la traduction de l'œuvre de Shakespeare. C'est une œuvre gigantesque.

– Et ta fille Adèle ?

---

[63] Victor Hugo raconté par un témoin de sa vie, 1863.

– Sa mère et moi, nous sommes inquiets ! Sa santé mentale est fragile. Nous nous sommes décidés à la faire voyager, la distraire, la pousser aussi à continuer le piano. Nous l'incitons à composer, ce qu'elle fait avec brio. J'ai peur, mon ami, son exaltation instantanée et ses tristesses profondes se succèdent à la vitesse des vagues que nous voyons de cette fenêtre. Elles se brisent sur les rivages de sa douleur et de son angoisse. Elle a rencontré à Jersey un lieutenant britannique dont elle est éperdument amoureuse, toujours ses passions qui la dévorent. Ce n'est pas le premier, mais elle s'est mise en tête de l'épouser. Je crains qu'il n'en veuille qu'à son argent et à sa condition. Mais je ne peux plus à son âge, empêcher cela. Ses crises de nerfs sont fréquentes, c'est la seule qui supporte mal l'exil, pensant sans cesse à sa sœur morte. Elle délire, lors de fortes fièvres qu'elle subit régulièrement et sans que le médecin y trouve son latin. Sa mère va l'emmener voir des spécialistes à Bruxelles, et à Paris. Nous ferons tout pour la soigner.

– Victor, c'est plus grave que tu ne le penses. Elle s'est confiée à moi l'autre jour. Elle dit qu'elle a entendu sa sœur par-delà la tombe lui dire d'aimer cet officier. Elle lui a demandé un moyen de l'empêcher de partir, car il doit partir en garnison au Canada. Cette même voix d'outre-tombe lui a dit de maigrir, de pâlir, d'être malade pour le retenir. Elle dit voir la tombe de sa sœur et la sienne se rejoindre et ne plus en faire qu'une. Le plus grave, c'est qu'elle veut mourir, en tant que femme exceptionnelle, jeune, belle, élevée, grande, amoureuse, fille de Victor Hugo, et femme d'un homme exceptionnel, grand et unique par l'esprit comme par le cœur. Il faut la soigner le plus vite possible.

Île de Guernesey, 20 rue Hauteville le 6 juin1857.

– Hauteville Terrace ! C'est un joli nom, Juliette !

– On trouve un nom après avoir acheté une demeure, Victor, pas en la louant.

– Attends que je puisse toucher de nouveaux droits d'auteur et je te l'achèterai[64]. En attendant, nous allons la meubler à ton goût.

– As-tu des nouvelles de France ?

– Oui, notre ami Hetzel m'écrit régulièrement, les nouvelles parviennent plus vite à Bruxelles que sur cette île. L'alliance entre La France et le Royaume-Uni continue à être au beau fixe. Les deux pays ont déclaré la guerre à la Chine, ils veulent se partager le monde. Alain Kardec a terminé son livre sur le spiritisme, « Le livre des esprits ». Mon ami Musset est mort. Vidocq est mort en mai. Il aura hanté la police depuis des décennies. Je crois que notre surveillance par leurs espions diminue.

– Des espions ?

– Oui, Juliette, des espions. Je n'ai jamais raconté cela à quiconque, mais à Jersey, en 1853, un espion est mort, exécuté par des proscrits. Te souviens-tu de Beauvais, le

---

[64] L'achat sera fait en 1864.

cabaretier généreux qui accueillait tous les exilés qui se réfugiaient dans l'île ?

– Oui, son établissement se trouvait à Don Street.

– Exact ! Il avait logé un vagabond qu'il avait trouvé sur le port, dénommé Hubert et se disant réfugié de France. Il se disait maître d'école, originaire du département de l'Eure, et expulsé du 2 décembre. Il était sans argent, Beauvais lui proposa de l'héberger gratuitement dans son auberge, comme il le faisait avec beaucoup d'autres. Hubert s'y installa, prévenant, apportant de l'aide quand il pouvait, discutant avec nos autres amis proscrits qui fréquentaient l'établissement et échangeaient les nouvelles. Il donna quelques leçons de grammaire et de calcul dans la ville. Il maudissait Bonaparte, paraissait le plus exalté d'entre nous et trouvait que nous étions trop cléments. On le comparait à Marat. Un jour il a dit qu'il allait rentrer en France avec de faux papiers, il voulait rejoindre son pays. Un ami tenta de le dissuader, mais il partit. Il alla voir plusieurs de nos amis un peu partout en France qui se cachaient et dont nous avions parlé lors de nos discussions. Quelques mois plus tard, il rentra à Jersey et nous dit qu'il préparait un coup, un attentat contre Bonaparte, il fallait des hommes décidés, des proscrits comme nous. On partirait en France avec tous de faux papiers, on ferait le coup et le pouvoir tomberait tout seul. Les ouvriers se soulèveraient comme un seul homme. Certains acceptèrent de faire partie de cette aventure. Il leur disait que l'argent serait au rendez-vous, qu'ils devaient venir et qu'on les attendrait sur les quais d'un port du débarquement en France. Cependant, on le vit échanger beaucoup d'argent et on apprit qu'il avait payé son nouveau logement avec des shillings. L'amie qu'il avait sur l'île, Mélanie, le vit avec un portefeuille bien garni. Il lui fit des confidences et elle comprit que c'était un espion. Elle le dénonça à ceux qui devaient partir avec lui, pour préparer l'attentat.

– Les avais-tu rejoints ?

– Non, je vivais loin de cela, ne voulant pas me mêler à une affaire qui aurait fait couler le sang. Ils comprirent tous qu'il pouvait s'agir d'un espion qui les attirait en France pour qu'ils soient arrêtés. Un habitant de Jersey leur indiqua qu'il l'avait vu à Saint-Malo avec des gendarmes. Les soupçons se confirmaient. Une commission d'enquête fut nommée et une instruction fut faite. Sa malle fut fouillée. Il devait quitter la ville et partir pour la France quelques jours plus tard, rien dans la malle. Mais le menuisier qui l'avait fabriquée leur apprit qu'il y avait un double fond. Dans celui-ci on ne découvrit rien de compromettant à part des écrits socialistes. Mais une lettre attira l'attention. C'était adressé au préfet de police pour des offres de service au gouvernement de Bonaparte, moyennant de l'argent.

– Ainsi, c'était bien un espion !

– Un proscrit au départ, un espion par la suite.

– Qu'est-il devenu ?

– Ils l'ont exécuté. On avait appris au moment même de la découverte de cette lettre, l'arrestation de toutes les personnes qu'il avait rencontrées lors de son voyage en France. Mais avant son exécution, il fut jugé.

– As-tu assisté à son jugement ?

– Oui ! Mes fils m'accompagnaient, nous étions 70 dans la salle du cabaret qui servait de salle d'audience. On l'interrogea, il n'avoua rien. Mais on lut une lettre qu'on avait découverte également et qui était adressée à Maupas, le ministre de la police. Elle était accablante pour Hubert. Elle signait son forfait. La plupart des présents réclamèrent la mort.

– Tu es intervenu à ce moment-là !

– Comme tu me connais bien Juliette ! Je me suis levé. Je leur ai dit que dans cet homme qu'ils avaient aidé, nourri, soutenu, aimé, il y avait un traître, un espion. Mais qu'il portait les vêtements, les souliers qu'ils lui avaient achetés. L'indignation et la colère qui les transportaient à vouloir la mort étaient mauvaises, car derrière le mouchard, il y avait un être. Et cet être était sacré. S'ils tuaient cet homme, l'opinion qui nous était favorable, se retournerait contre nous et nous jugerait aussi sévèrement que nous avions jugé Louis Bonaparte.

– Mais ils ne t'ont pas écouté !

– Si fait ! La décision fut prise de ne pas y toucher, de le proscrire de nos assemblées, de nos réunions, de nos cercles, de nos discussions, de notre fraternité. C'était une peine morale. Presque tous les présents signèrent cette condamnation, la mort semblait s'éloigner. Cependant je me méfiais de la colère qui pouvait rejaillir quelques jours plus tard par les plus vindicatifs. On me promit qu'aucun mal ne lui serait fait. Cependant, il mourut quelques jours plus tard, d'un coup de pistolet, quelques anciens compagnons l'avaient tué. Cet homme avait eu faim et il avait trahi à cause de cela. Les crimes de Louis Napoléon ne se terminent pas, il tue encore de loin.

– Et les assassins ?

– Ils étaient aussi coupables que lui.

Île de Guernesey, Hauteville House, le 2 décembre 1857.

– Père, tu ne nous as jamais expliqué à Charles et à moi, pourquoi ton livre sur l'histoire du coup d'État du 2 décembre n'a pas été publié.

Victor Hugo et ses fils à Guernesey.

– Ce livre a suivi un destin presque tragique comme l'histoire qu'il décrivait. Après être arrivé à Bruxelles en décembre 1851, je me suis mis à l'écriture de suite. Les évènements, les faits étaient encore frais dans ma mémoire. Je voulais aussi transcrire, presque exorcisé les évènements dramatiques que j'avais vécus, les hommes que j'avais vu mourir, les bruits des fusils et des canons que j'avais entendus, les crimes dont j'avais été le témoin.

– Nous ne l'avons jamais lu, livre d'histoire ou roman historique ?

– Les deux, Charles. C'est, enfin c'était de l'histoire et on aurait pu croire lire un roman. Je voulais le terminer et le publier rapidement. En janvier, mon livre avançait bien. J'en étais content. Cependant, il me manquait des détails, des faits, des confirmations. Aussi, j'avais demandé à Paul Meurice de m'envoyer tous les témoignages qu'il pouvait recueillir. Je voulais démarrer par les faits, et terminer par les idées. Mon idée était de frapper d'infamie ce Bonaparte pour l'histoire. Je voulais l'intituler le « Deux décembre ». Hetzel me disait qu'on aurait pu vendre cent mille voire deux cent mille exemplaires. En février, j'avais bien avancé, presque terminé, mais deux écueils ont surgi. Le premier tenait lieu à la peur que ressentait la Belgique devant Bonaparte. On pensait même qu'il aurait pu envahir ce petit pays. Les éditeurs, les libraires ne voulaient plus prendre de risques. Notre ami Hetzel se résolut à partir à Londres pour voir si une solution pouvait être envisagée là-bas. Le second tenait lieu aux représailles qu'exercerait le pouvoir français sur votre mère restée en France et tous les membres de notre famille encore à Paris. Je poursuivais l'écriture, pensant que j'aurai pu le finir pour la fin du mois de février, pour cela je travaillais également la nuit. Mais plus j'avançais et plus cette idée de persécutions me hantait.

— Ne m'as-tu pas dit à cette époque où je t'avais rejoint que tu recevais tous les jours de nouveaux détails qui te forçaient à réécrire certains chapitres.

— C'est vrai, c'était la troisième difficulté, mais j'aurais pu la surmonter aisément. L'idée était de faire paraître une première édition, les suivantes auraient été étoffées par les faits complémentaires. En mars, je poursuivais l'écriture, j'avais dépassé l'objectif de la date de fin février.

— Oui, me trouvant à cette époque avec mère, je me souviens de tes lettres où tu faisais transparaître tes doutes et tes interrogations sur les nouveaux faits, te demandant s'il fallait les ajouter. Tu disais alors que le livre perdrait en cohérence et en densité.

— C'est vrai. J'avais changé le titre, il devait s'intituler « Faits et gestes du deux décembre ». Je le trouvais insolent, mais cela me permettait d'y ajouter tous les détails que je n'avais pas pu écrire auparavant. Je le repris entièrement, l'annotant, ajoutant des faits, des dates, des paroles, des gestes, des acteurs de ce coup d'État. On me sollicitait pour le théâtre, mais je voulais poursuivre ce livre. Je savais qu'à Paris, on suivait de près mes travaux.

C'est à cette époque que des bruits persistants de persécutions sur mes proches me parvinrent. Je ne sais pas si cela était orchestré, toujours est-il qu'ils firent leur effet. Je poursuivais plus lentement la rédaction, tout en étant en colère contre moi-même. En avril, j'écrivais à votre mère que les amis qui venaient me voir trouvaient excellente les pages que je leur lisais. Je taisais cependant mes craintes. J'avais reculé la date de publication possible d'un mois, pensant qu'il pourrait être publié à Londres.

– C'est à ce moment-là que tu t'es mis à écrire « Napoléon le Petit ».

– Oui, Charles ! Je savais être surveillé et les amis qui m'envoyaient les renseignements aussi. Je pensais alors qu'écrire non sur l'histoire, mais sur l'homme tel que je le voyais et que je le devinais ne me demanderait aucun effort de documentation. Il me fallait garder le silence le plus absolu. Il me paraissait évident que le livre sur l'histoire, si je ne voulais pas l'amputer de faits importants, pouvait faire deux volumes. Impossible alors de le passer en France en contrebande. Par contre, le pamphlet aurait deux cents pages, de quoi l'imprimer rapidement et par une police petite, en faire un livre facile à cacher et à distribuer. Je me mis alors à écrire les deux livres en simultané, mais j'avoue qu'à ce moment-là, je prenais plus de plaisir à écrire le second. Mes lettres se sont alors espacées, je n'avais plus beaucoup de temps à moi.

– Tu as pensé alors à faire venir toute la famille dans l'exil.

– Oui, Charles, mais aussi à quitter la Belgique que je pensais moins sûre pour nous. Je demandais alors à votre mère de tout vendre, le mobilier, les livres, tout. On parlait aussi de cette loi contre les délits de presse, y compris pour les Français à l'étranger qui me visait singulièrement. Ils auraient pu tout saisir, les revenus, les meubles. Je demandais aussi à votre mère de faire le nécessaire pour quitter Paris, après avoir tout vendu. En mai, je reçus des nouvelles de Londres, là aussi les libraires craignaient que Napoléon le Petit ne leur fasse des procès et voulait lire le livre avant de le publier. Je refusais. Je préférais ne jamais le faire que de le censurer. Je pensais aussi à le publier à mes frais, mais il aurait fallu de l'argent et je n'en avais guère à cette époque. En juin, j'appris que des livres sur le coup d'État venaient de paraître à Londres[65]. On avait peur du mien, moins de ceux des autres.

– Notre mère était-elle informée pour le pamphlet ?

– Oui, j'avais réussi à l'informer, lui demander de garder le silence et d'accélérer sa venue à Jersey, même si je n'y

[65] « Histoire de la persécution de décembre », Xavier Durieu, « Mystères du 2 décembre », Hector Magen.

étais pas encore. J'avais aussi hâte de vous voir enfin. En juillet, je reçus quelques exemplaires de mes deux cents pages ici à Bruxelles, dans un ballot de contrebande. La parution était prévue le mois suivant. Un éditeur londonien bravait l'interdit et avait pris les mesures pour le vendre par des moyens moins conformes que les chemins habituels de l'édition. Fin juillet, Napoléon le Petit était imprimé, je pensais alors faire imprimer le livre historique plus tard.

— Mais, tu ne l'as jamais fait !

— Non, mes enfants. Pourquoi ? J'avais en tête les dangers que vous pouviez courir. Il fallait que votre mère, les affaires étant vendues, puisse partir, en compagnie d'Adèle et de toi, François-Victor. J'avais demandé à votre mère de s'installer dans un hôtel à Saint-Hélier, en attendant que je la rejoigne.

— Le pamphlet eut tout de suite du succès !

— Oh, ce fut surtout la fébrilité des autorités françaises, avec des douaniers dans tous les ports de la Manche pour ouvrir tous les ballots qui arrivaient qui en fit son succès. On me raconta que les paniers de provisions étaient également fouillés. Louis Napoléon avait une terreur énorme de ce livre. On menaçait de prison tous ceux qui le transportaient. Des centaines de voyageurs français débarquaient à Jersey pour l'acheter.

– Pourquoi ne pas avoir publié après ton histoire du coup d'État.

– Le temps avait passé, l'urgence était moindre. Mais j'aurais pu le faire, pourquoi je ne l'ai pas fait, c'est un mystère, mais quelque chose me dit qu'il faut encore attendre. Voilà, puis je me mis à travailler sur les « Châtiments », puis les « Contemplations », et maintenant ce livre que j'ai commencé il y a fort longtemps, et que je reprends.

– Quel sera son titre ?

– « Les misérables » !

Île de Guernesey, Hauteville House, le 14 août 1859.

– Cette amnistie ne sera qu'un leurre, Hetzel.

– Je le sais. Rien que le fait que ce soit un décret impérial et non une loi. L'amnistie est une décision d'un corps représentatif de justice ou législatif, non d'un homme.

– Il a voulu marquer la toute-puissance de sa personne impériale, sa prédominance sur la justice et la loi. Son but est d'attacher le pardon qu'il souhaite à sa personne. Il devient la seule autorité qui peut le faire et qui peut mériter la gratitude des amnistiés. Ne nous prêtons à ce jeu funeste et ridicule.

– Pourquoi ne pas publier nos protestations sur ce décret. Cela pourrait le discréditer, ainsi que la personne qui l'a voulu. Demandons à tous nos amis écrivains encore exilés d'écrire une lettre ouverte de refus[66].

– Tu as raison, Il faut dénoncer cet assassin qui s'absout de ses crimes et pardonne aux gens qu'il a assassinés. On ne peut rentrer en France, cela reviendrait à l'acquitter de ses meurtres. Je me suis juré de rentrer le jour où la liberté rentrera, et ce jour n'est pas encore arrivé. Cette amnistie est un acte immoral de cet homme. Car enfin, il est toujours sous le poids d'un arrêt de mise en accusation de la haute

---

[66] « Lettres et protestations sur l'amnistie du 17 août 1859 ».

cour de justice de la France. Il l'a oublié ou fait semblant de l'oublier, mais pas nous ! Certes, les juges ont été chassés par ses soldats commandés par ses généraux, mais enfin c'est un acte de trahison et de forfaiture. Comment accepter le décret d'une personne sous le coup d'une condamnation, comment accepter qu'un criminel signe un décret qui l'innocente de ses crimes, l'absout de ses exécutions, et enfouie dans les limbes de l'histoire les déportations, les emprisonnements, les exils qu'il a provoqués par ses actes criminels.

– Un « *criminel qui pardonne à ses victimes* », c'est cela que nous devons dire dans cette protestation !

Île de Guernesey, Hauteville House, le 4 septembre 1859.

— C'est un exil volontaire que nous vivons.

— Oui, Adèle, un exil volontaire, mais c'est un choix délibéré. Par contre, tu peux quand tu le désires, rentrer en France sans craindre une arrestation. Tu pourras ainsi consulter des médecins pour notre fille, son état ne s'améliore pas.

Madame Adèle Hugo, née Foucher.

— Tu as raison, je vais consulter. As-tu choisi ton titre définitif pour ce recueil de poésie ?

— Oui, je voulais en premier l'appeler « La légende de l'Homme », puis je me suis décidé pour « La légende des siècles ». Je termine les corrections des secondes épreuves.

La diffusion a pris du retard, la faute à cet imprimeur belge qui fait tant d'erreurs lors de la composition. Je l'ai dit à Hetzel qui se plaignait. Je lui ai précisé que cela n'était pas de mon fait.

– Ne disais-tu pas que notre ami Hetzel ne croyait pas beaucoup dans ce livre ?

– Si, et il le pense encore, il n'a pas la foi. Je me suis posé longtemps la question de savoir pourquoi. Non que je n'accepte pas qu'il puisse ne pas aimer, ne pas y croire. Mais je l'ai ressenti, sans qu'il le dise. Je lui ai écrit en lui demandant quelle en était la raison. Sais-tu ce qu'il m'a écrit ? Qu'il croyait que le livre serait attaqué par la presse bonapartiste ! Comme si cela était nouveau pour chacun de mes écrits depuis près de dix ans. Et pour une fois, le parti du passé en littérature viendra se confondre avec le parti du passé en politique. La réunion des deux me permettra de mieux les combattre. Et puis, je n'attache que peu d'importance à l'effet que produit un livre au moment de sa parution. Il vit sa vie propre, une fois que l'écrivain a écrit le mot fin, il poursuit sa route seul une fois que l'écrivain a corrigé la dernière épreuve. Il aura le destin qu'il mérite, la gloire ou l'oubli. Le succès du moment ne regarde que l'éditeur, le succès de l'histoire interpelle l'écrivain par-delà sa mort.

– Es-tu en froid avec Hetzel ?

– Nous avons échangé des lettres peu courtoises pour des amis de longue date. Il me reproche d'être trop tatillon pour les corrections, de refuser des épreuves qui n'ont que des virgules mal placées, ou des erreurs de marges pour les titres. Mais un livre de poésie n'est pas un roman, n'est pas une fiction, n'est pas une histoire. Une virgule mal placée détruit le vers, et la pensée du poète. Une distance mal à propos entre deux quatrains, et l'effet est dévastateur pour la création que souhaite le poète. Nous sommes des porteurs de lumière et de visions. Souhaite-t-on atténuer la lumière, dissimuler les visions ?

Île de Guernesey, Hauteville House, le 20 octobre 1859.

– À Monsieur Baudelaire,

Votre article sur Théophile Gautier[67] est une page qui provoque la pensée. Et c'est un mérite que de faire penser.

Vous prévoyez quelques discordances entre vous et moi, et vous avez raison. Je ne veux pas l'art pour l'art, je pense l'art pour le progrès. C'est au fond la même chose, mais dit différemment. C'est pour le progrès que je souffre en ce moment, et que je suis toujours prêt à mourir. Quant aux persécutions, ce sont des grandeurs. Courage !

– À Auguste Vacquerie,

Mon ami, je viens de recevoir la revue en question que vous m'avez envoyée et j'ai été de suite à la page 21. La lettre publiée par Jean-Marie Hugelmann est un faux. Je n'ai jamais écrit cela. C'est en mars 1849 que ce Monsieur a correspondu pour la première fois. J'étais en lutte à cette époque, et m'insurgeais contre la loi Falloux. Écrire que le Pape est à la tête de l'Église, et celle-ci à la tête de la civilisation, comment aurais-je pu dire une telle bigoterie ? J'ai écrit une lettre que vous trouverez ci-joint, vous pourrez

---

[67] « L'artiste » mars 1859.

la porter aux journaux qui vous conviennent. Allez voir ce Monsieur de ma part, et dites-lui ce que je pense de son courage. Car enfin, faire partie des insurgés de juin 1848, être arrêté en juillet, condamné puis déporté sur Belle-Île en mars 1849 et se rallier à l'Empire après avoir été gracié en 1856, n'explique pas sa volonté farouche de se justifier en m'impliquant dans son délire de bonapartiste romantique et dévot. Dans ma réponse envoyée à l'époque suite à sa lettre, je ne faisais que lui demander pourquoi, il avait attaqué la société dans ce funeste moi de juin, et que je ferais le nécessaire pour demander sa libération. Je n'ai pu l'obtenir à l'époque, par contre je soupçonne que sa grâce lui a été accordée maintenant, pour satisfaire les autorités de l'Empire à vouloir me disqualifier[68], de par ses écrits.

– À Paul Meurice,

Mon ami, lisez ceci et vous comprendrez tout de suite.

John Brown est un abolitionniste, violent certes, mais sa cause est juste. Il est l'auteur d'une insurrection qui s'est déroulée il y a peu à Harpers Ferry, il voulait s'emparer d'un dépôt de munition de l'État de Virginie. Arrêté, il vient d'être jugé à Charleston pour meurtre et trahison, la condamnation à mort a été prononcée. Au point de vue

---

[68] Hugelmann fit de même en 1863 avec une lettre inventée et soi-disant écrite par Lamennais, un autre député de 1848.

politique, cette mort serait une faute irréparable pour Les États-Unis, une fissure qui à terme provoquera sa dislocation. Elle ébranlera toute la démocratie américaine. Elle éclipsera la notion du juste et de l'injuste. On assassinera la délivrance par la liberté, Washington tuera Spartacus.

Il faudrait que cette lettre soit publiée le plus vite possible dans les journaux américains, anglais et belges et pourquoi pas Français, je ne dis rien contre l'Empire. Si nous parvenons à sauver cet homme, nous sauverons cette République d'outre atlantique.

Île de Guernesey, Hauteville House, le 5 décembre 1859.

– Ton appel n'a pas suffi, Victor !

– Oui, ils l'ont tué. Il est mort. La nouvelle du sursis était fausse, comme cette République américaine est fausse. L'esclavage provoquera l'irréparable entre les États de ce pays, le fossé est trop profond. Une guerre civile peut éclater à tout moment[69]. Comment peut-on encore justifier l'esclavage ? La mort de John Brown a dévoilé le rideau de la République américaine qui va se déchirer en deux. Vois-tu Juliette, ce crime est pire que les crimes de Roi ou d'Empereur, car c'est fait normal dans toute l'histoire de ces dictatures, mais un crime de peuple, quelle infamie ! C'est insupportable, une nation qui tue un libérateur, une nation qui annonce un sursis pour mieux ruser et endormir l'indignation, une nation qui enchaîne des hommes et pend ceux qui veulent les libérer. Triste nation et triste peuple[70] !

---

[69] La sécession des États du Sud commença en 1860, les premiers combats en 1861.

[70] Les États-Unis en voudront toujours à Victor Hugo de cette prise de position.

Île de Guernesey, Hauteville House, le 20 janvier 1860.

– À Jules Michelet,

non seulement, vous avez refusé de porter serment à Louis Bonaparte et perdu votre charge de professeur au collège de France, non seulement vous avez continué à critiquer le clergé, la royauté et l'Empire et perdu votre place aux archives de France, mais en plus, cher homme, vous écrivez des livres profonds, pénétrants et doux. Je lis et relis votre dernier livre « Les femmes ». Vous avez raison de rapprocher les deux sexes, trop éloignés souvent par l'éducation, la loi, la condition sociale, et les préjugés. La tendresse, l'émotion, la joie sont partout dans ce livre. Vous éclairez le mystère, la pudeur et la force. Vénus nue, c'est beau, Marie nue, c'est grand. On retrouve toute la femme avec sa faiblesse, son génie, sa beauté et son intelligence. Vous faites partie des hommes qui permettront de dire au siècle suivant, c'était le siècle des renaissances.

Après votre « Histoire de France », votre « Histoire de la Révolution », voici votre « Histoire de la femme », quelle merveille !

Île de Guernesey, Hauteville House, le 11 février 1860.

– À Georges Sand,

L'admiration est une sorte d'amour, et c'est cet amour-là que je ressens pour vous.

Nous n'avons jamais pu encore, nous rencontrer, je dirai aussi que nous n'avons jamais pu encore nous croiser. J'étais le soutien des royalistes, vous étiez le soutien des socialistes. J'étais le soutien des révoltés du deux décembre, vous étiez le soutien des partisans de l'ordre. Je suis le soutien des socialistes, vous êtes le soutien des légitimistes. Vous m'avez décrit comme le plus bavard des poètes, je vous ai décrites comme la plus bavarde des romancières. J'ai choisi l'exil lointain, vous avez choisi l'exil interne dans le Berry.

Mais je suis froissé des violences qui vous sont faites. Vous avez écrit que vous seriez honoré que je puisse exprimer publiquement mon estime et mon respect pour votre œuvre tant critiquée. Je le fais d'autant plus volontiers que je le trouve admirable. Je vous offre mon soutien avec plaisir et vous considère comme une grande âme. Ne soyez pas offusquée de ce torrent de critiques, cela ne doit pas vous déchirer, juste provoquer le dédain. Votre livre « Les beaux Messieurs de bois doré » n'est pas pédant, il est véritable.

Île de Guernesey, Hauteville House, le 15 avril 1860.

Un pair de France a interrompu l'écriture en février 1848, en février 1860, un proscrit a continué.

– Pourquoi le changement de nom ?

– Bonne question, mon ami Camille. Les Misères voulaient décrire la misère, les Misérables décriront les personnes qui les subissent. C'est mieux. Au début, je voulais un roman épique, réaliste, romantique aussi. Mais je le reprends en ajoutant la dimension sociale, et l'aspect politique.

– Tu parleras de ton amour de la France, j'en suis persuadé !

– Certainement ! À travers mes personnages, ils partageront l'amour entre eux et de la patrie. Je poursuivrais les descriptions de la misère, de la pauvreté, de l'indigence. Je vais partir sur les lieux de la bataille de Waterloo, pour m'imprégner de cette contrée historique. Mon récit sera la description de la fin d'une époque et le début d'une autre. Pour compléter les pages sur les révoltes de juin 1832[71], inutile d'interroger des témoins, je saurai décrire les barricades. Ces ouvriers qui les défendent, ces bruits de balles qui passent près de vous, ces soldats qui chargent, ces

[71] Insurrection républicaine pour renverser la monarchie de juillet 1830, faisant suite à des promesses non tenues par Louis-Philippe.

morts qui pavent les rues des faubourgs. Je décrirai dans les combats de mes personnages, le bien, le mal, la loi sociale, la loi morale, l'amour, la haine.

— Il faudra que tu vérifies si les lieux n'ont pas changé.

— Tu as raison, Berru, je vais demander à des amis de vérifier si les rues existent encore, si les égouts sont praticables, si les maisons sont debout. Mes visions, mes souvenirs doivent garder la réalité du présent. Pour le reste, je décrirai avec force les crimes de la loi, les répressions sociales. Les barrières morales sont faites pour que ces misérables deviennent des infâmes. Je montrerai que l'éducation, le respect et l'amour font que ces misérables deviennent des généreux. Je ferai de ce livre, un plaidoyer pour l'humanité. Que l'on arrête de dégrader l'homme par la misère, la femme par la faim, l'enfant par l'ignorance, ces maux qui engendrent le malheur et la mort.

— De quand datent tes premiers chapitres ?

— Te souviens-tu, en 1845 j'avais été surpris en flagrant délit d'adultère avec ma pauvre Léonie. De par ma qualité de Pair de France, je ne fus pas emprisonné, mais pas elle. Enfermée deux mois dans l'enfer de la prison Saint-Lazare. Me sentant coupable, rongé par le remords, je me suis mis à écrire ce que j'avais vu dans ces murs. Puis, un jour de février 1846, c'est encore frais dans ma mémoire, j'ai vu un homme emmené par deux gendarmes, il avait volé un pain. En le regardant s'éloigner, j'ai vu la misère. C'était mon Jean Valjean. Un peu plus tard, j'ai vu un enfant se disputer avec une vieille femme, c'était mon Gavroche. Plus tard ou avant, là je ne sais plus, j'ai pris la défense d'une pauvre fille qui se prostituait dans la rue et mendiait de quoi manger. Elle était accusée à tort par un bourgeois de lui avoir volé sa montre, c'était ma Fantine. Vidocq est mon Javert. Alphonse Baudin est mon Marius. Léopoldine est ma Cosette jeune. Juliette est ma Cosette jeune fille.

Tableau de Delacroix qui aurait inspiré Victor Hugo pour le personnage de Gavroche.

Île de Jersey, Saint Helier, le 20 juin 1860.

– Amusant cette demande des habitants de Jersey, mon cher Meurice.

– J'avoue que ta lettre m'a étonné, donne-moi plus de détails !

– Il y a quelques mois, j'ai reçu une demande du conseil de Jersey qui souhaitait de moi, une amnistie pour leur expulsion de 1855. J'ai bien sûr accepté. Nous avons reçu une ovation en débarquant sur l'île avec mes deux fils. Je souhaitais qu'ils m'accompagnent, ils avaient aussi été expulsés pour les mêmes motifs. Nous avons fait un discours. C'était touchant. J'ai vu sur les murs une affiche où l'on pouvait lire, « Victor Hugo is arrived ». Les habitants avaient revêtu leurs habits de fête. On nous saluait.

– Pourquoi ce revirement !

– Après mon appel pour John Brown, celui pour Garibaldi occupait les esprits. L'Angleterre organise une souscription pour lui venir en aide, et les habitants de Jersey avaient pensé à moi pour les aider à lancer celle-ci dans l'île.

– Tu as donc dans ton discours, parlé de Garibaldi !

– Oui, et je te prie de croire que cela me faisait plaisir de revenir, dans cette île. Mes fils et moi avons revu les lieux où notre ombre planait et j'en viens à revoir avec nostalgie nos lieux d'exil.

Île de Guernesey, Hauteville House, le 14 mars 1860.

– As-tu lu les mémoires d'Herzen, père ?

– Oui, j'ai aimé. C'est un exilé comme nous, mais d'un autre pays où règne cet Empereur des steppes lointaines. Il est né durant la campagne de Russie. Son père, aristocrate russe, lui a fait franchir les lignes françaises durant la campagne de la Moskova. Il vit en exil à Paris, et nous sommes en exil de Paris. Ses mémoires sont un registre d'honneur. Cependant, une page me chagrine, celle où il flétrit la jeunesse de 1830 qui a pris les armes. Révolution des faits et révolution des idées, il ne les partage pas. Il ne voit pas que ces faits et ces idées ont engendré en un seul jet le socialisme et le romantisme. Un monde nouveau avec son langage qui se poursuit aujourd'hui dans la résistance et la proscription.

– Je vais partir dans quelques semaines pour Bruxelles, veux-tu m'accompagner ?

– Oui, de là, je rejoindrai le Mont-Saint-Jean. Je veux m'imprégner des lieux pour terminer le livre sur la bataille de Waterloo[72] de mon second tome des Misérables.

– Je pensais que tu refusais d'y aller !

---

[72] Au XIX siècle, on parle du Mont-Saint-Jean en France, véritable lieu de la bataille. Waterloo était la commune où l'état-major de Wellington séjournait.

– C'est vrai, j'ai longtemps été hanté par cet endroit. Je ne sais pourquoi. Je disais que je jugeais inutile de rendre visite à Wellington, que le nom m'était odieux.

– Alors pourquoi maintenant ?

– Ton grand-père, mon père Léopold Hugo, général d'Empire était un brave. Il a été sur de nombreux champs de bataille, tant en Italie, qu'en Espagne, qu'en France. Ton grand-oncle Louis-Joseph Hugo s'est illustré sur les champs de bataille d'Allemagne, d'Espagne, et de France. Ils étaient bonapartistes, avaient rejoint l'Empereur après son retour de l'île d'Elbe, ils furent les demi-soldes par la suite, méprisés par la restauration. Pour eux, Waterloo mettait fin à 25 ans de gloire sur les champs de bataille. Tous les deux avaient rejoint les régiments de la Révolution française. Je fus élevé dans le souvenir de la gloire de l'Empereur et le nom de cette funeste plaine de Belgique me fut odieux. Ton grand-père et son frère avaient vaincu toute la terre, ils furent vaincus par le destin sur une terre boueuse des Flandres.

Belgique, Braine l'Alleud[73], le 20 mai 1861.

– À François-Victor,

cher fils, je n'ai pas encore de lettre de toi, mais je sais
que tu continues ta traduction des œuvres de Shakespeare,
dont je rédigerai une préface. Je suis près de Waterloo,
j'aurai peu à en dire dans le livre, un mot[74] peut-être, mais il
sera juste. Je suis venu étudier cette aventure sur le terrain,
confronter la réalité à l'imaginaire. Cette réalité sera vraie,
mais elle sera mon vrai à moi. Chacun d'entre nous ne
donne que sa propre réalité, ce qu'il a. Ici je ressens l'abîme
qui existe entre Napoléon le Grand et Napoléon le petit.

Je suis arrivé de Nivelles et je me suis dirigé vers La
Hulpe. J'ai aperçu le clocher de Braine-l'Alleud. Je me suis
arrêté devant un cabaret, l'écriteau indiqué « Aux quatre
vents, Echabeau, café de particulier ». Un peu plus loin,
près d'une auberge, un sentier mal pavé s'enfonçait dans les
broussailles, j'y suis entré. Un peu plus loin, je me suis
trouvé devant un mur qui me semblait très ancien. Au bout,
une grande porte cintrée, constituée de deux portails de
bois, terminait ce mur. Je me suis courbé près de cette porte,
et j'ai regardé en bas, une large excavation circulaire. De la
porte, une jeune fille est sortie, m'a regardé et m'a dit :

[73] Commune francophone de Belgique, située près du champ de bataille.
[74] Un mot dans le jargon hugolien correspond à 80 pages.

« C'est un boulet français qui a fait ce trou ». Elle ajouta :
« Ce que vous voyez plus haut, c'est un gros biscaïen[75] qui
a fait cela, mais il n'a pas traversé le bois ». L'endroit
s'appelait Hougomont. Un peu plus loin à l'horizon, j'ai
aperçu une colline, en haut de celle-ci, la statue énorme
d'un lion. J'étais sur le champ de bataille.

[75] Mousquet de gros calibre, utilisé par l'armée française lors des guerres
napoléoniennes.

Belgique, Mont-Saint-Jean, le 30 juin 1861.

– À Auguste Vacquerie,

cher Auguste, si tu m'écris, fais-le à Braine-l'Alleud, poste restante. Je viens de terminer « Les Misérables ». J'ai écrit le mot « Fin » et j'ai précisé Mont-Saint-Jean, le 30 juin 1861, 8h30 du matin. Il y a un beau soleil dans mes fenêtres. J'ai terminé ce jour, de toute façon, je n'ai plus d'encre, juste assez pour t'écrire. Cela fait six semaines que je me terre dans cet endroit, dans cette plaine de Waterloo et que moi aussi, j'ai livré ma bataille, en espérant de ne pas l'avoir perdu comme celle du deux décembre. Je partirai demain de ce village. Je n'ai toujours pas livré ma bataille de « L'histoire d'un crime », j'en diffère le déroulement et le dénouement, mais est-ce encore utile de le terminer ? Je ne sais pas. J'ai encore tellement de choses à écrire, et puis quelque chose m'interdit de le terminer et surtout de le publier, je sens la main du destin, d'autres diront la main de Dieu. Une voix me dit d'attendre, que ce n'est pas encore le moment. Pourquoi ?

Île de Guernesey, Hauteville House, le 21 janvier 1862.

— Non, Juliette, je n'ai pas de temps disponible, je n'ai jamais travaillé autant depuis dix ans. J'ai encore envoyé des épreuves corrigées de mon livre à l'éditeur Lacroix.

— On dit pourtant que tu as signé de ton nom des vers adressé au Roi Léopold pour obtenir la grâce des condamnés de Charleroi.

— Ils ne sont pas de moi, Albert Lacroix m'en a parlé dans sa lettre, j'ai démenti. Avec le travail de correction, je n'ai pas eu le temps de lire un seul journal depuis des semaines. Je ne connais pas cette affaire.

— Une bande de malfaiteurs sévissait dans la région de Charleroi et de Namur depuis des années. Ce sont des criminels, ils ont tué plusieurs de leurs victimes, surtout des personnes âgées pour les voler. Ils avaient tous, d'après l'enquête, des activités d'honnêtes citoyens, colporteurs, marchand de volaille, maréchal-ferrant. Ils sont neuf à avoir été condamnés à mort par le tribunal. On ne parle que de cela dans les journaux, des émeutes ont éclaté. La foule réclame la mort pour tous.

— Cela ne me gêne pas que l'on utilise ma signature pour une bonne cause, celle de demander la grâce de ces condamnés. Mais, écrire à un roi, cela ne me ressemble pas. Pourtant je vais le faire aujourd'hui même, prendre un peu de mon temps pour démentir les vers que l'on m'attribue, mais accomplir mon devoir de combattre la peine de mort. Je vais m'adresser au Roi des Belges. Lui dire que je remercie l'auteur, car quand on utilise mon nom pour sauver des têtes, il est bon d'en user et d'en abuser. Je lui dirai aussi que ces vers sont un appel qui m'est adressé pour élever ma voix et m'associer pour épargner à la Belgique neufs morts sur l'échafaud. Je m'adresse donc à la nation par-delà son Roi. Il serait bien pour sa grandeur de ne pas faire fonctionner cette guillotine. Partout, notre civilisation recule, les peuples sont brimés, enchaînés, torturés, garrottés un peu partout en Europe et dans le monde. Il est temps que des peuples réagissent et fassent cesser ces exécutions qui ne grandissent jamais les nations.

– C'est une belle occasion pour la Belgique.

– Tu as raison, un peuple qui garde la volonté de répudier la peine de mort est un peuple libre. Cela permettra de donner l'exemple. Un petit pays par la taille, grand par la pensée et la lumière qu'il diffuse, voilà ce qui serait beau[76].

---

[76] La lettre rédigée très vite, fut publiée par les journaux belges, cela permit de commuer sept condamnations sur les neuf prévues.

Île de Guernesey, Hauteville House, le 4 mars 1862.

– Non, Paul, cet éditeur est un imbécile, je vais devoir le quitter, et tant pis s'il travaille de concert avec notre ami Hetzel. Il accumule les retards et se permet de faire des changements qui entraînent de nouveaux retards.

– Qu'en est-il des deux volumes livrés qu'il a voulu transformer en trois ?

– Il est revenu à mon idée et ma conception de deux volumes et non de trois. J'ai reçu ensuite deux fois des épreuves avec les mêmes fautes, perte de temps. Il n'a toujours pas pris livraison de la troisième partie qui attend, perte de temps. Il voulait un grand format, j'ai dû me battre pour lui faire accepter un petit format afin que le livre soit moins cher et plus accessible aux bourses modestes, perte de temps. Je dois lui écrire constamment, il ne répond qu'une fois sur deux à mes courriers, perte de temps. Il pratique constamment des remaniements de présentation pour lesquelles l'ouvrier imprimeur fait des fautes, je dois les corriger, perte de temps. Le bon à tirer est loin d'être signé. C'est un imbécile, qui ne comprend rien et qui ne pense qu'argent et gloire, perte de temps pour la littérature.

Île de Guernesey, Hauteville House, le 13 mai 1862.

– À Albert Delcroix.

Monsieur, en même temps que cette lettre, vous recevrez un paquet qui contient la troisième partie du livre, «Marius». Deux volumes et huit livres, cinq pour le premier, trois pour le second, 137 feuillets constituent l'ensemble. Le paquet est sous double enveloppe et scellé de cinq cachets noirs avec mon sceau de pair de France, j'ai abdiqué de ces armoiries depuis l'avènement de la République, mais je m'en sers aujourd'hui comme moyen de contrôle pour que vous puissiez constater que rien n'a été ouvert. J'espère que vous reconnaîtrez la justesse de ce que je vous disais. Cette œuvre est l'histoire mêlée au drame de ce siècle, reflétant le genre humain à un moment donné de sa vaste histoire. Le titre de la quatrième partie sera, très certainement, « L'idylle de la rue Plumet » ou « L'idylle rue Plumet », plus simplement. Le nom de cette petite rue de Paris m'est venu de par ce grand écrivain d'Eugène Sue qui dans son livre des « Mystères de Paris », sut décrire pour la première fois le peuple miséreux qui y vit dans des conditions épouvantables. Ce dandy des grands quartiers en a sondé le cœur. Pour lui, comme pour moi, au début de notre vie, cette misère était un mystère. Nous sommes tous deux en des moments différents allés à la rencontre de celle-ci. Cela nous a bouleversés et nous a changés. Eugène Sue m'a écrit que c'est ce livre qui l'a créé. Oui, Monsieur, il a créé son auteur. Et je peux certainement dire la même chose pour « Les Misérables », que j'ai imaginé en 1845, et terminé l'année dernière. C'est aussi un roman qui m'a créé. Lui l'a conçu en feuilleton, moi je l'ai conçu d'un seul bloc.

La cinquième partie aura le titre de Jean Valjean. Je suis intimement persuadé que ce livre aura le succès des douze mois et le succès des douze ans. Le drame rapide fera le succès des douze mois. Le drame profond fera le succès des douze ans. Attendez et vous verrez. Et n'ayez pas à l'esprit une possible interdiction. Cela vous troublerait et vous amènerait à me proposer des modifications que je ne ferai en aucun cas. Le dénouement de cette partie sort de la description de la barricade. Le tableau d'histoire décrit les journées de juin 1832. Non ceux du 2 décembre, même si ces deux tableaux d'histoire sont proches. Il faut prendre son parti des situations que nous font vivre l'abominable régime actuel. C'est le despotisme. Il fera pour sa fantaisie. Nous ferons pour l'histoire. Et si par hasard Louis Bonaparte persécute « Les Misérables », eh bien je lui ferai de nouveau la guerre, et je terminerai «Histoire d'un crime ». Qu'il me laisse tranquille et la paix pour mon livre, sinon la guerre, la seule que je connaisse celle des mots qui, à terme, détruisent tout autant que les balles. Nous devons tout publier avant le 30 juin. Lancer la seconde et la troisième partie, faites feu de tout bois. Insister auprès des journaux sur les citations et les récits sur Waterloo. Faites ressortir, la fibre nationale française. Ils ne pourront pas arrêter un livre qui fait la part belle aux gloires du Premier Empire. Rendez la saisie impossible en disant que c'est la bataille de Waterloo qu'on donne, qu'on offre enfin à la France sous son vrai jour. Insistez sur cette victoire si proche qui se transforma en défaite par la trahison. Lisez ces vers et ne tremblez plus dans l'attente d'une interdiction possible.

« Le soir tombait ; la lutte était ardente et noire.

Il avait l'offensive et presque la victoire ;

Il tenait Wellington acculé sur un bois.

Sa lunette à la main, il observait parfois

Le centre du combat, point obscur où tressaille

La mêlée, effroyable et vivante broussaille,

Et parfois l'horizon, sombre comme la mer.

Soudain, joyeux, il dit : Grouchy ! — C'était Blücher.

L'espoir changea de camp, le combat changea d'âme,

La mêlée en hurlant grandit comme une flamme.

La batterie anglaise écrasa nos carrés ».[77]

Île de Guernesey, Hauteville House, le 30 juin 1862.

– Oui, et cela me chagrine, me meurtrit même, Auguste ! Que l'on trouve mon livre immoral, ou par trop proche des révolutionnaires et du peuple, cela me réjouit. Les critiques sont des conservateurs par trop proches du pouvoir en place, ou des religieux par trop proche des bénitiers. Que Sainte-Beuve se lamente de son succès populaire, c'est normal pour quelqu'un dont les œuvres sont dans la sphère du confidentiel. Que les frères Goncourt jugent le roman artificiel et décevant, c'est normal pour des frères dont la réputation de langues de vipères n'est plus à faire. Que Flaubert ne trouve ni grandeur ni vérité, c'est normal pour quelqu'un dont les rencontres avec Louis Bonaparte sont des visions de petitesse et de mensonge. Que Lamartine en condamne les impuretés du langage, c'est normal pour quelqu'un qui ne connaît que la moitié du vocabulaire de la France, comme il ne connaît que la moitié de sa population.

– La critique le considère comme dangereux de par la crainte qu'il donne aux gens heureux et l'espoir qu'il redonne aux malheureux.

---

77 Tiré du poème l'expiation du livre Les Châtiments, 1853.

– Comme ce Monsieur Barbey d'Aurevilly qui le considère comme le livre le plus dangereux de notre temps. J'en suis flatté, venant de ce monarchiste absolutiste.

– Dumas père n'est pas tendre non plus.

– Cela ne me gêne pas, vois-tu, mes livres je les écris seul, sans aide et sans nègres.

– Il y a cet évêque, Louis-Gaston de Ségur qui a rédigé une critique, parle de ton infâme roman des misérables qui t'a rapporté beaucoup d'argent.

– Je ne le connais pas. De toute façon, je préférais les écrits de sa mère, la Comtesse de Ségur, qui avait plus d'humour que son fils et plus d'intelligence dans son petit doigt que lui, dans toute sa personne. Il ressemble plutôt à son grand-père, le comte Rospotchine, qui a brûlé Moscou en 1812. Il ne restera de ses écrits que des cendres pour la postérité. Mais que Sand le critique ! J'avais fait le rêve que ce livre nous rapproche et nous unit dans la justice, la générosité et la vérité, oui je suis meurtrie.

Île de Guernesey, Hauteville House, le 27 septembre 1862.

– Dois-je lui répondre, Juliette !

– Que lui dirais-tu, mon poète ?

– Je lui dirai que j'ignorais son existence à ce Monsieur de Ségur, évêque de son état. Qu'il a écrit sur moi que : « Victor Hugo le grand, l'austère Victor Hugo, le magnifique poète de la démocratie et de la république universelle est également un pauvre homme affligé de son infâme livre des misérables qui lui a rapporté d'un coup cinq cent mille francs. On oublie toujours de citer les largesses que son vaste cœur humanitaire l'oblige à coup sûr de faire à ses chers clients des classes laborieuses ».

Je lui dirai que je ne perdrai pas mon temps à relever tous les mensonges, mais de me contenter de noter que dans cette histoire, il existe un évêque qui est bon, sincère, humble, fraternel, qui a de l'esprit en même temps que de la douceur, et qui mêle à sa bénédiction toutes les vertus. Pour lui, c'est donc cela un livre infâme. D'où je conclus qu'il serait un livre admirable si l'évêque était un homme d'imposture et de haine, un insulteur, un plat et grossier écrivain, un idiot vénéneux, un vil scribe de la plus basse espèce, un colporteur de calomnies de police, un menteur crossé et mitré. Le second évêque serait-il plus vrai que le premier ?

Je lui dirai que la question le regarde, et la réponse aussi puisqu'il s'y connaît mieux que moi en évêque [78]!

[78] La lettre fut envoyée à son retour d'exil en 1872.

Île de Guernesey, Hauteville House, le 30 octobre 1862.

– Vous avez raison, mon amie, il faut poursuivre cette œuvre de bienfaisance, et je vais m'y employer. Vous pouvez partir tranquille avec notre fille !

– Depuis mars, nous accueillons des enfants démunis tous les mardis midi, c'est important de faire comprendre l'égalité et la fraternité dans cette île moyenâgeuse du bout du monde.

– Qui nous a accueillis, Adèle, ne l'oublie pas. Mais je vais poursuivre cet accueil de famille pauvre. Un éditeur, Castel, m'a demandé de publier des dessins de moi, que j'ai pu faire à des moments de rêverie. Je vais accepter. Les droits permettront de poursuivre cette œuvre, de l'accroître et surtout de la faire propager. Je vais lui expliquer que les mères nous amènent leurs enfants indigents. Qu'ils sont tous confondus de religion et de nationalité. Que c'est important de pouvoir imiter cela. Car ce que nous faisons n'est pas de l'aumône, c'est de la fraternité. Faire aussi comprendre que cette action n'est pas seulement présente pour nous donner une bonne conscience, cela nous profite aussi, car enfin étant ensemble, nous pouvons enfin donner un sens à ce mot de Fraternité qui ne peut être dissocié de la

Liberté et de l'Égalité. Que veut dire la liberté quand on ne peut aller à l'école et manger à sa faim. Que veut dire l'égalité quand ceux qui ont tout ne donnent rien à ceux qui n'ont rien. Personne ne choisit ni le lieu, ni la date, ni la fortune de sa naissance. Les droits récoltés pourront nous permettre de donner des vêtements à ces enfants qui n'en ont pas et des souliers à ces enfants qui vont pieds nus. Je n'aurai pas imaginé que ces dessins puissent intéresser un éditeur.

Dessin de Victor Hugo, île de Guernesey.

– C'est bien mon ami. Il paraît que ton roman se vend bien, très bien même, une réimpression est en cours.

– Oui, les critiques et les écrivains le boudent, mais le succès populaire est présent. Lacroix veut le traduire en plusieurs langues et ouvre des filiales dans d'autres pays d'Europe, en Italie, au Portugal, en Espagne. Pour Londres, j'étais impatient de connaître la réaction des Anglais, j'ai envoyé un télégramme aux éditeurs londoniens qui se résumait à un « ? », ils m'ont répondu un « ! », cela me suffisait pour comprendre. Vois-tu Adèle, je crois que c'est le sommet de mon œuvre, je peux mourir tranquille.

– Attendez encore un peu, mon ami, vous avez encore du travail à faire, votre famille, vos amis ont besoin de vous, notamment votre fille.

– Vous avez raison, Adèle. Mais je dois encore surveiller les variantes pour les réimpressions. Je crois que dans la troisième partie, Marius tome 6, il est important que Thénardier ne connaisse pas le nom du colonel Pontmercy. Il faut changer « un général nommé le comte de Pontmercy » par « un général appelé comte de je ne sais quoi. Il m'a dit son nom, mais sa voix était si faible que je n'ai pas entendu. » Aussi dans la cinquième partie, Jean Valjean, il faut changer…

– Je vous parlais de votre fille, mon ami !

– Qu'a-t-elle ?

– Elle a profité d'une absence de mon épouse, cher Auguste, pour s'enfuir à Halifax, au Canada. Elle est sujette à des crises de convulsions, de repli sur soi, et maintenant de quasi-folie, j'ose employer le mot. Elle nous a fait croire qu'elle se rendait à Malte chez des amis, elle a traversé l'Atlantique pour aller rejoindre son lieutenant anglais qui ne l'aime pas, mais qui en profite pour lui soutirer de l'argent. Elle ne veut pas rentrer et me demande régulièrement de l'argent pour elle, mais aussi pour lui. Son amour pour lui, vire à l'obsession. Elle dit qu'ils vont se marier, j'ose le croire, mais ce n'est pas les renseignements que l'on me donne.

– N'est-ce pas plutôt de l'indépendance qu'elle manifeste pour vivre sa vie, son amour ?

– Le crois-tu ? Pourtant, sa vie a été, dès le départ, malheureuse. Née juste avant la liaison de sa mère avec ce sot de Sainte-Beuve. Je dois avouer qu'elle m'a souvent reproché à l'adolescence de ne pas être présent, de ne pas m'occuper d'elle, d'être plus passionné par mes maîtresses que par ma famille. C'est certainement pour cela qu'elle fut proche, très proche de sa sœur. Sa disparation l'a bouleversée et a rompu un équilibre fragile.

– Je dois t'avouer que je fus profondément amoureux d'elle !

– Je le sais, mon ami, je le sais. Et cela m'aurait plu que tu deviennes mon beau-fils, comme ton frère le fut en se mariant avec Léopoldine.

– Elle m'a oublié quand elle a fait la connaissance de cet officier. Je dois dire qu'elle m'a souvent parlé de cet exil, ici à Guernesey comme d'un tombeau. À Jersey, l'île était plus grande, elle allait souvent dans les réceptions, les bals, elle était courtisée. Ici, il n'y a rien, c'est un caillou, par très réjouissant pour une jeune fille.

Adèle Hugo à Guernesey.

– Pourtant, elle semblait heureuse au milieu de nous, avec son piano et sa peinture.

– Comment peux-tu en être certain. Sa mélancolie, son isolement, ses fièvres sont des signes qui ne trompent pas. Je sais qu'elle a menacé cet Albert Pinson de se suicider, s'il ne l'épousait pas.

– Je ne savais pas.

– Tu es tout à tes œuvres, tout tourne autour de toi, ta famille comprise, fais attention, elle est très fragile.

– J'ai pourtant accepté qu'elle se rende à Paris avec sa mère pour se distraire ! Tu sais combien cela m'a coûté de déroger à ma règle de rester proscrit.

– Se distraire avec sa mère pour chaperon, à plus de trente ans !

– Elle me hait alors !

Île de Guernesey, Hauteville House, le 2 septembre 1863.

– Auguste, lis donc mon ami !

– « Mère chérie, je suis marié. Je suis encore sous le coup de l'évènement et je t'écris bien vite pour ne pas manquer la poste ». Pourquoi n'avoir rien dit avant ? Pourquoi ne pas nous avoir prévenus ? Suis-je donc un si grand tyran ? Peu importe, il faut l'annoncer dans les journaux, prévenir nos amis. Nous leur donnerons une somme d'argent qu'ils puissent s'établir.

– Il faut cependant authentifier ce mariage. Je n'y crois guère, un pressentiment.

Île de Guernesey, Hauteville House, le 15 décembre 1863.

– Adèle, je dois avouer que ce gendre est un être impossible. Mais est-il notre gendre ? On en est réduit à cette question, les papiers ne nous parviennent toujours pas ! Ce silence à mes lettres est éloquent.

– François-Victor m'a écrit mon ami. Il dit que notre fille nous a trompés comme elle a trompé tout le monde. Elle lui a avoué, le mariage n'est pas fait. Elle s'inquiète maintenant de l'annonce officielle.

– Écris à François-Victor qu'il lui envoie une lettre dans laquelle il peut lui annoncer que nous pardonnons. Mais qu'elle revienne, en attendant j'interdis à quiconque d'aller la voir.

– Que ton nom est lourd à porter !

– Adèle, chère amie, ta plainte me va droit au cœur.

C'est vrai que je ne t'ai pas écrit depuis quelques jours, mais vois-tu, je travaille toujours énormément, et j'ai des insomnies la nuit, ce qui signifie que j'écris sans sommeil. Je vous aime tous les trois, toi, Charles, François-Victor, et comme je voudrai aussi associer Adèle, notre fille, ce qui me permettrait de dire tous les quatre.

Ici, à Hauteville, je reçois des montagnes de livres et des avalanches de lettres. Peu de temps pour y répondre, car je travaille, je travaille. J'aurai terminé d'ici peu l'ouvrage sur le grand poète William Shakespeare. Cela devait être une préface pour les traductions de François-Victor, c'est devenu un livre qui va vivre sa propre aventure.

C'est amusant, je crois que je vais le dédicacer à l'Angleterre. Je lui dis la vérité comme terre libre, je l'admire. Comme exil, je l'aime.

J'ai écrit ses vérités aussi à cet éditeur de Lacroix. Imagine qu'il m'a demandé si le manuscrit de Lamartine sur le grand poète pouvait être publié au même moment que le mien et si j'y voyais un inconvénient. J'en vois plus qu'un. J'y vois une offense. Offense pour mon ami Lamartine, et offense pour moi. Comme si nous devions concourir pour un premier prix sur le même sujet. Il ne songe pas au ridicule de la situation, et ne voit pas que j'ai découvert cette mauvaise odeur de spéculation et d'affairisme. Il ose me dire que le succès de mon livre entraînerait des ventes pour l'étude de Monsieur de Lamartine, comme s'il avait besoin de moi, et moi de lui. S'il ne met pas six mois d'intervalle entre les deux parutions, je changerai d'éditeur. Quant au mien, il s'est engagé à le publier le 20 mars au plus tard. S'il passe cette date, une partie importante sera manquante pour le tricentenaire de sa naissance, le 23 avril. Car on a formé à Londres, un comité pour la célébration et on veut lui dédier un monument et une fête pour marquer l'éclat de ce grand homme. Mon livre pourra appuyer cet hommage. Qu'il se hâte ! Qu'il se hâte !

Île de Guernesey, Hauteville House, le 28 novembre 1864.

– Chère amie, je ne vois plus Charles, il ne veut pas revenir ici, dans notre maison de Guernesey. Je lui ai écrit pour qu'il revienne. Il s'est isolé à Bruxelles. Je pense sans cesse à lui à toi, bien sûr, à son frère évidemment, à mes amis qui m'écoutent avec tendresse et essayent de me réconforter. Je sais qu'il veut s'éloigner de moi, me trouvant trop pesant, trop présent, trop écrasant pour lui. Il m'a reproché un jour de ne pas pouvoir vivre sa vie, à cause de moi. Je ne comprends pas, mais je comprends que je souffre. Son frère plus présent avec moi ne le remplace pas, et pourtant je l'aime tout autant. Il y a encore peu, il me disait vouloir trouver une femme charmante et venir s'installer ici à Guernesey, qu'ai-je donc fait ou pas fait pour qu'il ne veuille plus venir de nouveau s'installer à Hauteville. Il habite toujours Paris, veut partir à Bruxelles. Il m'a reproché mes actions de grâce et mes prières à Dieu à la fin des repas pour les enfants pauvres du mardi, lui qui est indifférent à toute religion et croyance. Mais si je ne croyais pas à Dieu, où plus exactement à l'âme, je ne pourrais vivre une minute de plus. Il ne répond plus à mes lettres. Cela cache un malheur que je ne connais pas.

– Oui, Auguste, merci d'être venu me voir.

– Ta famille est toujours à Bruxelles ?

– Oui, ils sont à Bruxelles, ils me manquent beaucoup. Mais je suis tellement occupé avec mon livre. Il sera en trois parties. Je viens de terminer la seconde. La troisième sera plus courte. Il sera une ode à la mer, mais aussi à cette île et à ses habitants. C'est mon asile, cela sera certainement mon tombeau.

– Tu reviendras en France, à Paris, l'homme est très malade[79], me dit-on, son expiation a commencé.

– Je ne souhaite pas sa mort, juste son départ qui signifiera le retour de la liberté et j'espère le retour de la République.

– Pourquoi ce thème de la mer et des pécheurs ?

– La religion, la société, la nature, ce sont les trois luttes de l'homme. Ils sont en même temps ses trois besoins. Il faut qu'il croie, de là le Temple. Il faut qu'il crée, de là la Cité. Il faut qu'il vive, de là la Charrue et le Navire. Mais ces trois luttes contiennent trois guerres, trois obstacles. L'obstacle sous la forme superstition, sous la forme

---

[79] À partir de 1865, les calculs à la vessie de Napoléon III le font souffrir terriblement, mais aucun chirurgien ne prend le risque de l'opérer de peur de le tuer sous le bistouri.

préjugée, et sous la forme élément. La destinée, mais aussi la fatalité règnent sur nous. Elles sont triples, celle des dogmes, celle des lois, celle des choses. Dans « Notre-Dame de Paris », je voulais dénoncer le premier. Dans « Les Misérables », j'ai parlé du second. Dans celui-ci, je désigne le troisième.

– J'ai vu tes malles dans ton bureau, tu auras encore de nombreux ouvrages à publier.

– Oui, trois malles ! Ils restent ici. C'est pour cela que je ne m'absente pas pour un voyage, si une personne de confiance n'est pas présente. Je complète aussi les recherches pour mon « Homme qui rit[80] » et « Quatrevingt-treize».

– Cher Dumas,

Je viens de lire votre lettre de protestation dans le journal « La Presse ». La suspension de vos conférences où vous avez eu le courage de me citer ne me surprend pas. Vous êtes un vaillant. Vos paroles ont fait interdire vos conférences. Cela ne me surprend pas venant de ces lâches. Ces hommes de l'Empire sont la nuit, et leur chef vous hait et veut vous éteindre, il y perdra son souffle et sa santé. Vous prenez ma défense et j'en suis fier.

Je pense souvent à votre première pièce, qui vous fîtes découvrir à la France et qui nous permit, avec Alfred De Vigny, d'être amis. C'était en 1830, je crois, que votre « Christine » fut jouée. La première finie, nous devions fêter votre succès et vous deviez corriger des passages durant la nuit. Vous m'aviez dit qu'une centaine de vers étaient à changer. Elles seraient, de par leur composition, signalées à la malveillance des critiques. Alors nous avons, sur un coin de table avec De Vigny fait le nécessaire quand vous deviez vous occuper de vos convives. Je vous ai dit de ne vous inquiéter de rien, nous avons pris votre manuscrit et nous nous sommes enfermés dans un petit cabinet. Nous avons travaillé durant quatre heures. Nous avons terminé au petit matin. Nous vous avons trouvé, couché avec vos convives sur les tables. Nous vous avons laissés dormir, avons mis le manuscrit corrigé sur la cheminée et sommes sortis comme deux amis ayant accompli notre devoir. C'était notre jeunesse d'écrivains.

Île de Guernesey, Hauteville House, le 20 septembre 1865.

– Non, Juliette, nous irons de nouveau cette année sur les bords du Rhin, mais pas de suite, il faut que je termine ce roman. Ce sont les dernières pages. Je reprends aussi les passages du combat de Gilliatt, le pêcheur, contre le poulpe géant. Je vais me servir du nom que les gens de Guernesey utilisent « la pieuvre ». Dans quelques jours, une semaine ou deux au plus tard, j'aurai fini. Je l'intitulerai, « L'abîme[81] » . Ensuite, je pars à Bruxelles, pour le mariage de Charles, il a enfin trouvé une épouse, la charmante Alice Lahaene. J'espère être grand-père rapidement. Mon épouse et François-Victor veulent s'installer définitivement à Bruxelles, je les comprends, cette île leur pèse, et moi elle me repose. Il faut que je leur trouve une demeure dans cette capitale du Royaume de Belgique. Je les retrouverais tous les ans pour l'été. Mais ne t'inquiète pas, tu m'accompagneras dans ces voyages.

– As-tu des nouvelles de ta fille ?

[81] C'était le nom qu'il avait choisi au départ et qui deviendra ensuite « Les travailleurs de la mer ». Le mot emprunté aux pécheurs de l'île, la pieuvre remplacera dans la langue française le mot poulpe, de par le succès du livre.

– Non, pas directement, je laisse le soin à sa mère et à son frère François-Victor de lui écrire. Je lui envoie régulièrement de l'argent, à Halifax, mais je soupçonne qu'il n'aille remplir les poches de ce soldat. Elle ne veut pas rentrer. Elle s'obstine à rester avec cet homme qui n'en veut pas. Elle a eu tous les prétendants possibles à ces pieds. Elle est un artiste doué, musique, peinture, et elle s'amourache d'un coureur de jupons.

– Vous êtes mal placé pour parler de cela, mon Victor !

Île de Guernesey, Hauteville House, le 5 novembre 1865.

– Oui, Paul, cette maison est bien vide depuis la mort de Julie[82]. Elle animait celle-ci, veillait sur la domesticité et classait mes manuscrits. Morte, foudroyée à Paris ! Je l'estimais beaucoup. C'était une artiste de grand talent. À la mort de mon frère, il y a dix ans, elle est venue s'installer avec nous dans l'exil. Elle représentait beaucoup pour la famille.

– Tu m'as demandé la plus grande discrétion pour « Les travailleurs de la mer », que se passe-t-il ?

– Je crois avoir plus d'ennemis que jamais en ce moment pour me nuire. Je vais demander le huis clos des épreuves, les éditeurs sont prévenus. J'ai fait la même demande à ma femme et mes fils.

– Qui te poursuit ainsi ?

– Les mêmes qu'il y a quinze ans, commandés par Louis Bonaparte, qui continue à se renseigner sur ce que je fais, ce que j'écris, ce que je publie, il continue à être effrayé de la parution de ce livre sur le 2 décembre. À Jersey, il y avait le vice-consul Laurent, son envoyé, pour me surveiller étroitement, ici à Guernesey c'est plus tranquille, mais la

[82] Julie Hugo, sa belle-sœur.

surveillance est toujours présente. Ce criminel envoie toujours ses agents, ses espions, ses informateurs. Mais depuis quelques années, il a déplacé cette surveillance du plan politique sur le plan littéraire. Il envoie ses « agents de la police littéraire[83] ».

— Doit-il craindre ce livre sur le 2 décembre ?

— La crainte d'une publication maintenant qu'il se targue d'être le centre de l'Europe est encore plus grande. Il y a des années, j'ai fait savoir que la publication interviendrait si l'on touchait à mes proches, à ma famille. Mais ce livre, avec le temps, est encore plus destructeur pour sa gloire et sa postérité maintenant. Les populations, les gouvernements, les diplomates du monde entier ont oublié sa prise de pouvoir, et il a tout fait pour qu'on l'oublie. Les livres parus à l'époque sont tombés dans l'oubli, parce qu'on les a fait tomber dans le néant. Mon succès est grand, mes gestes scrutés, les avis sur mes livres remplissent les colonnes des journaux du monde entier. Ce livre, écrit et placé en lieu sûr, est un pistolet chargé que je garde précieusement. Personne ne sait où les feuillets sont cachés. Mais l'on sait que s'il arrivait quelque chose à moi ou à l'un de mes proches, la parution serait rapide. Depuis mon livre

---

[83] Le terme est inventé par Victor Hugo.

des « Misérables », je ne suis plus seulement un ennemi d'état, je suis devenu un ennemi public.

– Non, Hetzel, je ne peux continuer longtemps avec cet accumulateur de tuiles et de bêtises qu'est Lacroix. Je l'ai précisé avec certains écrivains qui me demandaient conseil pour un éditeur. Je leur dis de ne rien attendre de cet homme. L'année dernière, il s'est fait prendre pour un livre sur Marat, maintenant il va se faire condamner pour ce livre de Proudhon[84]. Il est en panique et ne fait plus rien de sérieux. Mon livre est à l'abandon. Louis Bonaparte a organisé sa littérature comme il a organisé sa police et son armée. Les critiques bonapartistes des journaux font les louanges et les injures en fonction des ordres du palais. On loue des livres insipides et ridicules parce que les auteurs sont des partisans de ce Bonaparte et on hue ceux des auteurs en exil.

– J'avoue que cette affaire Proudhon me dépasse.

– Il est venu me voir le soir du 2 décembre. Emprisonné à Sainte-Pélagie pour un délit d'opinion, il en est sorti le jour du coup d'État. Comment ? Pourquoi ? Il vient me voir, dis-je, et me précise qu'il ne faut pas provoquer d'insurrection sous le prétexte fallacieux que le peuple ne bougera pas, et que Bonaparte l'emportera. Il me dit de

---

[84] Proudhon vient de mourir au moment de cette affaire.

cesser de résister. Comment pouvait-il savoir que j'allais organiser le jour même un comité de résistance et que j'appellerais à l'insurrection ? Puis il est rentré comme il est sorti de sa cellule, le soir même, sans participer à la résistance. Lui, un soi-disant anarchiste révolutionnaire. Pourquoi ? Je sais qu'il avait touché de l'argent de Bonaparte, je sais qu'il était candidat sénateur après le coup d'État à sa sortie de prison. De plus il était misogyne et antisémite. Es-tu assez éclairé sur l'homme ?

— N'est-ce pas des rumeurs ?

— Je ne fais que citer des faits que j'ai vus ou sus par des amis proches. C'est un faux penseur. Un ultra-anarchiste qui cherchait une place au Sénat, c'est peu de mon goût ! Quant à Lacroix, se faire condamner par un tribunal pour un commentaire vulgaire et plat sur Jésus-Christ, c'est idiot.

— Es-tu certain de l'argent touché par Proudhon ?

— Veux-tu que je te montre la lettre qu'il a publiée où il se déclare l'obligé de l'Empereur pour les 6 000 francs qu'il a touché en 1852. Cette somme est passée par les mains du comte Malher. Je ne veux pas m'associer au souvenir de cet homme.

Île de Guernesey, Hauteville House, le 6 février 1866.

– Monsieur Nadar, mon ami.

J'ai lu votre livre « Droit au vol[85] ». C'est le charmant livre d'un ferme esprit. Vous donnez dans le combat le plus beau des exemples, la persévérance gaie. Quelle arme que le dédain ! Allez donc, homme vaillant. Allez, vous triompherez par le fait, vous triomphez déjà par l'esprit. Les pauvres moqueurs, les rieurs eunuques, les envieux ricaneront leur impuissance. Tout cela disparaîtra et disparaît dès aujourd'hui devant l'avenir évident que vous décrivez. L'homme conquerra le pays des souffles comme il a conquis le pays des flots. Continuez aussi à caricaturer, c'est bien.

Caricature de Victor Hugo.

[85] Nadar est photographe, portraitiste, écrivain, et aéronaute.

Île de Guernesey, Hauteville House, le 6 juin 1866.

– Oui, Camille, cette demeure à Bruxelles, rue des barricades, oh comme ce nom m'est cher et précieux, est nôtre maintenant. Madame Hugo y loge avec François-Victor et Charles et sa charmante épouse. Je m'y rends prochainement pour voir toute ma chère famille.

– Les revers commencent pour notre despote. Il devient impopulaire. Des députés en début d'année, dont des bonapartistes, lui ont lancé un appel pour plus de libéralisme.

– Ce Tiers parti dont ils sont membres est composé des républicains favorables à Louis Bonaparte. Comment peut-on se dire républicain et favorable à l'Empire ?

– Le régime se fissure, pour preuve, la décision est prise de retirer les troupes du Mexique.

– Envahir ce pays, chasser son président démocratiquement élu, y placer un imbécile d'aristocrate Autrichien, puis après de nombreuses pertes, se faire chasser sous la pression américaine, que voilà un grand stratège. Napoléon a dû se retourner de nouveau dans sa tombe, que n'avais-je raison dans mon poème l'Expiation !

Bruxelles, Rue des Barricades, le 27 juillet 1866.

– Oui, bien sûr, Adèle je vais répondre à Alfred Asseline. Mais je ne sais si ma lettre va lui parvenir, étant ici à Bruxelles, et lui, je ne sais où. Il me parle de cette affaire de Bradley, dont les journaux de Jersey se font l'écho, mais aucun ne nous est encore parvenu.

– Pourtant, l'affaire est tristement simple, mon ami. Assassin, condamné à mort, sa grâce est refusée par la Reine. Il sera exécuté prochainement sur cette île. Elle n'avait pas connu de condamnation à mort depuis 50 ans. Les habitants sont très divisés, les uns pour les autres contre.

– Je vis tellement reclus et absorbé par l'écriture, que je ne suis plus au fait des nouvelles du monde. Peux-tu m'en dire davantage ?

– C'est un vagabond français convaincu de vol et de meurtre, pour cela il doit être exécuté, mais comme l'île n'a plus de bourreau depuis fort longtemps, c'est l'officier de la Reine, le procureur qui doit s'en charger.

– Le connais-tu ?

– On dit que c'est un jeune homme doux et paisible qui n'est pas fait pour cette sinistre besogne. Il a donc écrit au bourreau de Londres, Calcraft, lui demandant d'intervenir lui et ses aides moyennant rémunérations. Il semble que celui-ci lui ait répondu avec des exigences pécuniaires, énormes, profitant de la situation, d'où cette adresse dans la lettre de notre ami au bourreau.

– Elle est d'une haute et ironique éloquence. Mais cet homme que l'on va assassiner n'est qu'un détail horrible de plus dans notre monde qui s'éloigne de la civilisation. L'Angleterre rétablit la fusillade, la Russie torture, l'Allemagne pratique le banditisme d'état, la France abaisse la politique, la littérature et la philosophie au rang des soutiens d'un dictateur. La guillotine française se dispute le premier prix avec le gibet anglais. Le progrès recule, la liberté est reniée, l'idéal insulté, et la réaction prospère dans presque tous les pays. Pauvre petite terre de Jersey qui jusqu'à il y a peu était terre de progrès, elle veut maintenant imiter les grands états sur leur férocité.

– Mon cousin[86] attend plus de ta part.

– Que puis-je faire ? Lui écrire, dire ce que je viens de te dire sur le recul du monde civilisé, prendre Jersey comme exemple, et qu'il publie ma lettre dans tous les journaux de Jersey et de Londres. Aujourd'hui tout semble inutile, mais demain on parlera de nos protestations contre l'horrible nuit qui couvre nos démocraties.

---

[86] Alfred Asseline est le cousin germain d'Adèle Hugo, il s'installe à Jersey en 1861.

Bruxelles, Rue des Barricades, le 4 août 1866.

– À Émile Girardin,

cher penseur, votre journal « Liberté » a un succès grandissant et remarquable. Il est interdit dans la rue, mais il est le seul journal d'opposition contre l'Empire autoritaire. Je sais que vous devez faire face à des poursuites pour votre mépris du gouvernement, vous continuez dans la droite ligne de votre refus du coup d'État du 2 décembre, et lorsque menacé vous m'avez rejoint à Bruxelles. C'est au nom de cette vieille amitié que je me permets de vous recommander Monsieur Luthereau, artiste, écrivain et journaliste. Il pourrait vous être utile dans votre journal. Notre homme a dirigé aussi une imprimerie, il a rédigé un journal. Il est intelligent, talentueux et travailleur acharné.

Vous avez en mai 1863 provoqué le revers de la majorité conservatrice de Louis Bonaparte, ce qui ne l'a pas empêché de rester sourd à ceux qui le pressaient de rétablir la liberté de penser, la liberté de la presse et le droit de grève. Je ne doute pas qu'à l'image de votre journal de l'époque « La Presse », vous ne parveniez à pousser encore plus à l'échec de cet homme, grâce à vos articles dans « La Liberté ». Je fais parvenir cette lettre par un ami. Par la poste, elle serait détruite par la censure. Bien à vous. Votre vieil ami.

Belgique, commune de Chaudfontaine, le 3 septembre 1866.

– À Madame Chenay.

Chère Julie,

Tes lettres nous sont bien parvenues, mais ta sœur Adèle ne peut ni lire ni écrire en ce moment. Nous l'entourons et l'aidons du mieux possible pour suppléer sa vue défaillante. Je l'ai amenée ici dans cette station thermale, car le paysage est éclatant, et cette violette des stations soigne toutes sortes de maux. Elle s'y trouve bien. Nous serons de retour à Bruxelles vers le 10. Et je serai de retour à Guernesey avant la fin septembre pour me remettre au travail.

Je ne veux pas ennuyer Adèle avec nos problèmes d'argent, mais il est vrai que je travaille d'arrache-pied pour que mon nouveau livre puisse sortir l'année prochaine au plus tard[87]. Je racle le fond de mon tiroir, J'ai recommandé à mes fils des économies pour entretenir la demeure de Bruxelles. L'argent envoyé à notre fille à Halifax devient un gouffre sans fin. Paul Meurice en charge de mes affaires en France m'annonce 5 000 francs pour octobre. Je les espère. Tout le monde t'embrasse. Ton frère.

[87] L'homme qui rit.

Île de Guernesey, Hauteville House, le 30 décembre 1866.

– À Charles Hugo, à François-Victor Hugo.

Mes Enfants bien-aimés, je commence cette lettre par vous embrasser. Maintenant, on peut causer.

Pour Charles, Hetzel m'a retenu les mille francs que tu lui devais. Il s'est dit autorisé par une lettre de toi de se payer sur moi. Tu devais me rembourser de cinquante francs par mois, mais je te fais don de ces mille francs, et je continuerai à te payer ta pension sans retenue.

Pour François-Victor, tu dois neuf cents francs, je les payerai. Toi, aussi tu continueras à percevoir ta pension entière. Je refuse donc tes livres que tu voulais me vendre pour honorer ta dette. Ils sont à toi.

Vous recevrez tous les deux une traite, le 2 janvier, de 1800 francs.

Mes embarras d'argent sont importants, et malheureusement le roman ne sera pas prêt. Je voulais construite une trilogie. Ce premier livre devait s'intituler « L'Aristocrate », le second, « La Royauté », et le dernier « Quatrevingt-treize », si je peux le faire. Mais je vais changer le titre du premier par « L'homme qui rit ». Je vais faire de ce roman, un plaidoyer politique, une dissertation philosophique, une épopée historique, et une ode poétique. Pourquoi cela ? Je pourrai répondre que le philosophe a voulu affirmer l'âme et la conscience, que l'historien a voulu révéler des faits de la monarchie peu connus, que le républicain a voulu confirmer et sublimer la démocratie et que le poète a voulu faire un drame épique, voire antique.

Mon héros sera défiguré par une mutilation, comme l'on a défiguré l'humanité. Ce qu'on lui a fait, on l'a fait au genre humain, à nous tous, à vous, à moi. On a déformé le droit, la justice, la vérité, la raison, l'intelligence. Je veux faire de ce livre une épopée où à chaque chapitre, à chaque page, à chaque ligne, à chaque mot, le lecteur se mettra à penser. L'on verra ainsi que le poète que je suis, lutte de par ses écrits contre le chaos et apporte la lumière.

Il est tard, la lumière tombe, je finis cette lettre comme je l'ai commencé par un tendre embrassement.

Île de Guernesey, Hauteville House, le 27 janvier 1867.

— Te voilà ici avec moi, et guérie, Hauteville pavoise de ton retour et de ta guérison. Tu vois de nouveau, ce n'est plus qu'un triste souvenir.

— Une nouvelle à t'apprendre, tu vas être grand-père, Alice est enceinte.

— Charles doit être heureux. C'est bien la famille va s'agrandir, après les gens qui partent, les enfants qui arrivent, c'est le cycle de la vie. Je suis comblé.

— Je repartirai à Bruxelles pour le mois de mars, je serai présente, la naissance est prévue pour la fin du mois.

Île de Guernesey, Hauteville House, le 10 mars 1867.

– À Madame Victor Hugo, A Charles et à François-Victor.

Pour Hernani, et la reprise qui sera faite avec une nouvelle mise en scène, je viens de me créer un alter ego, composé de cinq amis, Vacquerie, Meurice, Doucet, Thierry et Paul Foucher[88]. Ils décideront en connaissance de cause tout ce que je ne puis décider à distance, à commencer par la distribution. Nous verrons pour la censure du gouvernement, ils peuvent nous faire une première qui serait celle de la police. Nous sommes dans la gueule du loup Bonaparte, et elle n'est pas rose.

Je revois la première qui fut donnée en février 1830, avec nostalgie il est vrai. Cette bataille d'Hernani va donc se dérouler une seconde fois, 37 ans plus tard. Pourtant cela reste toujours, malgré les années passées, la bataille[89] des idées et du progrès face non plus à une vieille littérature verrouillée, mais face à un pouvoir crénelé. Toujours la lutte entre l'ancien monde et le nouveau et je me sens plus que jamais du nouveau.

---

[88] Journaliste à l'Indépendance belge.

[89] La bataille d'Hernani fut l'acte fondateur du théâtre romantique bousculant les tragédies antiques qui avaient cours depuis des siècles. La pièce fut une répétition générale de la révolution de juillet, et Victor Hugo la victime de Charles X.

Île de Guernesey, Hauteville House, le 24 mai 1867.

– À Madame Victor Hugo, A Charles et à François-Victor.

Je vous envoie une partie de la préface que j'ai rédigée pour le Paris Guide qui sera publié lors de l'exposition universelle cette année, et qui verra les plus grandes plumes de notre époque y participer.

« Au vingtième siècle, il y aura une nation extraordinaire. Cette nation sera grande, ce qui ne l'empêchera pas d'être libre. Elle sera illustre, riche, pensante, pacifique, cordiale au reste de l'humanité. Elle aura la gravité douce d'une aînée. Elle sera plus que nation, elle sera civilisation ; elle sera mieux que civilisation, elle sera famille. Voilà quelle sera cette nation. Cette nation aura pour capitale Paris, et ne s'appellera point la France ; elle s'appellera l'Europe. Elle s'appellera l'Europe au vingtième siècle, et, aux siècles suivants, plus transfigurée encore, elle s'appellera l'Humanité. »

Île de Guernesey, Hauteville House, le 30 mai 1867.

Recueil de notes[90].

La destinée est bizarre. Elle prend des chemins détournés qui m'interrogent.

En 1811, j'avais 9 ans et j'étais sur les genoux du Roi d'Espagne, Joseph Bonaparte. J'étais l'enfant du général Hugo, mon père, celui que j'admirai. En 1825, j'avais 23 ans et j'assistai au sacre de Charles X dans la cathédrale de Reims, le dernier descendant de la branche aînée des bourbons. J'étais l'enfant sublime, tel que l'écrivait Chateaubriand, celui que je voulais être. En 1842, j'avais 40 ans et j'assistais aux funérailles du Duc d'Orléans. J'étais président de l'académie des gens de lettres et immortel[91], celui que je souhaitais devenir. En 1847, j'avais 45 ans et je jugeais Teste et Cubières. J'étais pair de France et je jugeais ces deux ministres pour corruption et escroquerie, ceux que je voulais détester. En 1848, j'avais 46 ans et je sommais le faubourg Saint-Antoine de déposer les armes. J'étais un membre de l'Assemblée constituante et un combattant de l'insurrection de juin, celui que je ne voulais pas être. En

[90] Les recueils de notes et de souvenirs prendront le nom de « Choses vues » et seront édités après sa mort en deux séries en 1887 et en 1900.
[91] Entré à l'Académie française en janvier 1841.

1851, j'avais 49 ans et je mettais hors la loi Louis Bonaparte. J'étais un membre de l'Assemblée législative et un résistant du coup d'État, celui que je voulais être. En 1851, 1852 et 1855, j'avais 49, 50 et 53 ans, j'étais chassé de France, de Belgique et de Jersey. J'étais un proscrit, celui qui était en paix avec lui-même.

Nous sommes en 1867, j'ai 65 ans, je suis toujours exilé dans ma maison de Guernesey et je ne sais plus qui je suis.

Île de Guernesey, Hauteville House, le 7 juin 1867.

– Rédacteur en chef du journal « Le phare de la Loire ».

Honorable citoyen, je n'ai jamais demandé à des journaux de rectifier des faits, d'autant plus de petits faits, car alors, cela serait de petits démentis. Mais pour vous je vous livre non un démenti, mais une confirmation. Je lis dans votre journal du 5 juin : « Les catalogues des bouquinistes nous livrent des révélations lamentables et dont voici l'une d'entre elles. Sur le livre des Poèmes d'Alfred de Vigny, on lit : A mon grand et cher Victor, Alfred de Vigny. »

Monsieur, il y a mieux. Je confirme qu'un catalogue d'autographe mis en vente en 1867 ne contenant pas moins de 38 mentions semblables à celle que vous décrivez comme une révélation lamentable et qui me concerne. En voici l'explication, il y eut un jour dans ma vie où absent beaucoup de mes livres ont été dispersés. Ce jour-là, sorti le matin je ne suis pas rentré le soir. C'était le 2 décembre 1851. Je vous confirme donc les révélations lamentables et vous envoie un fraternel serrement de main.

– Non, ami Hetzel, je n'ai rien vendu ni concédé un livre de ce genre à cet éditeur Tresse[92]. Ma concession à la maison Duriez a expiré depuis longtemps et vous avez pris la suite. Cette édition me semble neuve, et pourtant on parle de « reliquat » de mes œuvres qui date de seize ans. Comment le croire alors que le papier est tout neuf.

– Vous avez raison, après seize ans, le papier serait jauni. Vous devriez intenter un procès pour contrefaçon.

– Contrefaçon, quel étrange mot. Un mot très doux qui signifie vol. J'ai l'impression que l'on a mis une main dans ma poche pour prendre je ne sais quoi. Je ne peux pas faire un procès, vous le savez il est perdu d'avance. Pas de juges, pas de droit, pas de justice, c'est le premier prix du proscrit. Mais pour vous ?

– En tant que cessionnaire je pourrai et je vais le faire.

– Bien, j'ai traité avec Duriez pour mes œuvres complètes jusqu'en 1851. L'édition de Tresse devrait être de cette époque. Or il ne pouvait plus avoir de nouvelles éditions cette année-là. Je l'avais interdit par lettre.

---

[92] Nicolas Tresse qui achète une maison d'édition en 1845, à sa mort son épouse née Stock la reprend. La maison d'édition existe toujours.

À Victor Hugo,

Nous, jeunes poètes, nous pensons que Louis Bonaparte n'a pas seulement proscrit Victor Hugo, il a aussi prescrit ses œuvres, et parmi celles-ci Hernani. Il a proscrit tous les drames, les pièces de cet écrivain. Exiler un homme ne lui suffit pas, il a exilé sa pensée, et veut même exiler son souvenir. Il a interdit de publier une nouvelle édition de cet homme. Les puérilités finissent par s'user, il a fini de permettre de rejouer la pièce à l'occasion de l'exposition universelle. La reprise a eu lieu hier, 20 juin.

Cher et illustre maître, nous saluons avec enthousiasme, la réapparition de votre Hernani au théâtre. Cela a été une joie immense pour nous tous, cette soirée sera inoubliable dans notre existence. Il y avait cependant une tristesse cependant, votre absence pour vos compagnons de gloire de 1830 et pour vos nouveaux compagnons de 1867, qui tiennent à vous envoyer l'hommage de leur respectueux attachement et leur admiration[93].

---

[93] Le plus connu des signataires était Paul Verlaine.

Bruxelles, Rue des Barricades, le 22 juillet 1867.

– Aux chers poètes,

Je ne suis que l'humble soldat de la Révolution littéraire de 1830. J'ai la liberté pour principe, le progrès pour loi, l'idéal pour type. Je ne suis rien, mais la révolution est tout. Grâce à vous, beaux et jeunes talents, la lumière se fera de plus en plus. L'alliance est faite entre les écrivains les talents et les consciences pour réaliser ce rêve de liberté. La littérature doit être à la fois démocratique et idéale, démocratique pour la civilisation, idéale pour l'âme. Le drame est le peuple, la poésie est l'homme.

À ce point de la vie où je suis arrivé, on voit de près la fin, c'est-à-dire l'infini. Quand cette fin est proche, on ne laisse place qu'aux préoccupations importantes. Votre lettre me fait rêver à une rentrée parmi vous et me donne l'illusion d'une douce ressemblance du couchant avec l'aurore. J'étais l'absent, je suis l'absent, mais ma résolution est inébranlable, je ne rentrerai qu'avec la liberté, ou je partirai accompagné de ce rêve vers d'autres rivages. Je suis fier de mon nom entouré des vôtres. Mon cœur est avec vous.

Bruxelles, Rue des Barricades, le 5 août 1867.

– Mon ami et cher confrère Champfleury,

Je viens de lire votre « Belle Paule[94] ». J'aime ce livre, parce qu'il va droit au but, qu'il est écrit avec un charmant style et écrit avec l'observation et l'intuition. Un jour viendra où grâce à l'enseignement, les œuvres d'art seront des œuvres populaires. Car le peuple est délicat, il aime les poètes et veut l'idéal. Votre réalisme est populaire et point vulgaire. Le vulgaire n'est point populaire, n'en déplaise aux frères Goncourt qui vous stigmatisent. Vous m'avez rejoint dans leur panthéon de critiques acerbes[95], eux qui vous reprochent une orthographe défaillante et un manque de style, eux avec leur orthographe manquante et leur style vulgaire qui ne leur permet pas d'être populaires. Vous êtes un artiste, continuez, votre succès invite et votre talent oblige.

Votre ami Hugo.

[94] Dame toulousaine du XVI siècle connue pour sa beauté. Le livre de Champfleury est dédié à Victor Hugo. Il est l'un des écrivains du courant littéraire du « Réalisme », avec Balzac, contrairement aux Goncourt qui défendaient le « Naturalisme » et dont Zola sera l'un des chefs de file.
[95] Les Goncourt parlent de la ruine grandiose de Victor Hugo,

Île de Guernesey, Hauteville House, le 10 décembre 1867.

— À Madame Victor Hugo,

chère femme bien-aimée, je vous envoie une correspondance, une demande et une réponse. Vous verrez que je veux causer avec ce Monsieur dans sa missive, je veux causer directement avec Louis Bonaparte. Je réponds donc au vrai auteur de la lettre. Je crois que divers journaux belges pourront publier et relayer volontiers ces preuves de la volonté délibérée de ce petit Napoléon de poursuivre sa censure après 16 années jour pour jour, après son coup d'État contre la liberté. Je vous embrasse tous tendrement.

Voici la lettre de Chilly, directeur du théâtre de l'Odéon
« À Monsieur Victor Hugo, Guernesey.
Paris, le 5 décembre ;
Monsieur,
Je viens d'être officiellement averti que la représentation de Ruy Blas est interdite. En présence du cas de force majeure résultant de cette interdiction, notre contrat devient nul et non avenu, et j'ai le regret de vous en informer.
Veuillez agréer l'assurance de ma haute considération. »

Voici ma réponse.

« À Louis Bonaparte aux Tuileries,

Hauteville House, le 8 décembre 1867.

Monsieur,

Je vous accuse réception de la lettre que m'a écrite le directeur du théâtre de l'Odéon sous votre dictée.

Victor Hugo. »

Île de Guernesey, Hauteville House, le 23 janvier 1868.

— Paul, mon ami, tu me demandes mon avis, je crains que la situation de la presse ne soit pire qu'avant. Il faudra être riche pour se risquer à faire un journal.

— Je crois le contraire, Victor. Certes, cette loi abolit le système préventif pour mettre en place un système répressif. L'administration de l'Empire n'aura plus la main sur les interdictions et les autorisations, c'est la justice qui le fera. Mais plus d'autorisations pour créer un journal, seule la déclaration préalable suffit. Plus d'avertissements, ils seront abolis, et le prix du timbre diminue.

— Tu as raison, avant on était averti, après on sera condamné. Avant on craignait le commis de l'état, après on craindra le juge de l'État. Avant on était supprimé, après on sera supprimé et ruiné. Je ne comprends pas la gauche favorable à cette loi. On parle de progrès, je parle de trahison.

— Sauf si la création de journaux se multiplie et critique abondamment le régime. Car alors, la justice sera débordée, les amendes et les peines de prison ne seront pas efficaces sur le nombre.

— Mon ami, je ne crois pas que tu puisses avoir raison.

Île de Guernesey, Hauteville House, le 27 février 1868.

– Mes fils,

Sur la question du journal que vous souhaitez, je vous donne mon avis que j'ai résumé à notre ami Paul Meurice.

Le régime futur de la presse va être pire que le régime passé. L'avertissement valait mieux que cette chausse-trape légale. On était averti, on sera ruiné. On avait le despotisme *sans frais*, on aura la tyrannie *avec frais*. On dépendait d'un commis, on dépendra d'un juge. Un commis est un commis, un juge est un valet. Nulle différence entre un videur de pots de chambre et un président de tribunal. Bref, on était opprimé, on sera écrasé. Quant à moi, je ne mettrais pas un liard dans un journal en ces conditions-là. Si je fourrai mon doigt dans cet engrenage, j'y passerais tout entier. Je donnerais à Bonaparte la joie de me ruiner. Amendes, confiscations, suppressions. Je suis donc bien résolu à m'abstenir.

Mais si vous voulez poursuivre votre idée. En aucun cas je n'y devrais paraître, ni comme bailleur de fonds, cela va sans dire, ni comme inspirateur, on tordrait tout de suite le cou à celui-ci. Leur loi est affreusement bien faite. Vous ne seriez pas libres. Je vous embrasse tous, mes bien-aimés.

Bruxelles, rue des Barricades, le 27 août 1868.

Recueil de notes[96].

Me femme est morte ce matin, à six heures et demie.

Je lui ai fermé les yeux. Hélas !

Dieu recevra cette douce et grande âme. Je la lui rends. Qu'elle soit bénie !

Suivant son vœu, nous transporterons son cercueil à Villequier, près de notre douce fille morte.

Je l'accompagnerai jusqu'à la frontière.

Pour entrer la dépouille en France, il faut l'autorisation du gouvernement français[97]. J'ai télégraphié à son frère pour qu'il fasse les démarches.

Vacquerie est arrivé. Paul Meurice est arrivé aussi, à dix heures du soir.

Je suis resté à genoux près d'elle. Charles s'est approché, puis Victor. Ils l'ont embrassée en pleurant et sont restés debout derrière moi.

À cinq heures on a soudé le cercueil de plomb et vissé celui de chêne. Avant que l'on pose le couvercle, j'ai, avec une petite clef que j'avais dans ma poche, gravé sur le

---

[96] Il écrira des dizaines de carnets de notes et de souvenirs.
[97] Louis Bonaparte va la refuser.

plomb, au-dessus de sa tête : V H. Le cercueil fermé, je l'ai baisé.

J'ai mis, avant de partir, le vêtement noir que je ne quitterai plus.

À six heures, nous sommes partis de la maison, place des Barricades, pour la gare du Midi.

À sept heures, la bière[98] a été placée dans un wagon spécial et nous sommes partis.

À neuf heures, nous arrivions à Quiévrain. Il y avait foule autour de notre wagon. Cette foule m'a salué avec émotion quand je suis descendu. Le chef de gare m'a conduit au wagon mortuaire. On l'a ouvert. J'y suis monté. Le cercueil était dans une sorte d'alcôve tendue de noir sur une estrade. Je lui ai un peu parlé bas.

Puis je suis redescendu. Quand nous avons mis pied à terre on a fermé le wagon. Vacquerie, Meurice qui vont la conduire à Villequier, sont remontés dans le convoi. Je suis resté là, regardant le convoi s'en aller dans la nuit.

Nous nous sommes dirigés vers la sortie de la gare. Rochefort m'a offert son bras. Je lui ai dit : « *Vous venez de voir la voiture dans laquelle je rentrerai en France* ».

---

[98] Vient du vieux français « bêra » qui désignait la civière ou le brancard où l'on transportait les morts.

Nouvelles de Villequier. Paul Meurice a parlé admirablement. L'enterrement est fait. J'ai dit de graver sur la tombe : Adèle, Femme de Victor Hugo.

Auguste Vacquerie m'a envoyé trois fleurs prises le 4 septembre sur les trois tombeaux.

Ostende, à bord du Topaze, le 7 octobre 1868.

Recueil de notes.

Je suis parti pour Douvres. Vers dix heures, le temps s'est amélioré un peu et le soleil a fait son apparition. Comme je me chauffais les pieds à la grille de la machine, un passager de haute taille, au visage noble et à la barbe grisonnante, s'approcha de moi et me dit :

— Je craignais le mauvais temps.

— Oui, nous avons mal commencé. Nous finirons bien.

— Tout à l'heure nous serons en vue de Dunkerque.

— J'y suis passé si près l'an dernier qu'il semblait que je pouvais y mettre la main.

— Non le pied.

— Moi pas, du moins.

— Ni moi.

— Est-ce que vous êtes proscrit, vous aussi, Monsieur ?, lui dis-je.

— Monsieur, vous ne me reconnaissez pas ?

— Non.

— Moi je vous reconnais, vous êtes Victor Hugo et je m'appelle Joinville.

C'était le prince de Joinville[99]. Nous avons causé ensemble pendant les quelques heures de la traversée.

– La seule solution, c'est la République, me dit-il.

– Oui.

– Mais la République exige bien des vertus.

– En revanche, ai-je dit, la monarchie exige bien des vices.

– Vous avez raison, a-t-il repris en souriant.

Nous nous sommes serré la main. C'est un noble et généreux cœur.

[99] Proscrit avec sa famille après la révolution de 1848, revenu en France en 1870, il combat les Prussiens et se fait élire député sous la III République, en 1871.

Guernesey, Hauteville House, le 1er janvier 1869.

– À Madame Rattazzi[100],

Que vous dire Madame, je suis ébloui, enivré, accablé. Votre douce amitié m'entrouvre le paradis, et je ne puis y entrer. J'ai fait un serment et je ne puis mettre les pieds en France. Vous êtes tout, beauté, grâce, courage, esprit, charme, intelligence.

Quoi, cette fleur c'est vous qui me l'envoyez ! Quoi ! Ces vers c'est vous qui les avez écrits ! Ces vers sont de vous, ils sont pour moi, il est sur votre bouche ce sourire d'ange où je crois voir éclore une étoile. Ce sourire divin m'accueillera. Et je reste ! Hélas ! Comprenez l'immensité de ce regret. Quelle sombre chose parfois que le devoir ! Vous m'écrivez encore cette ligne qui sort de votre cœur comme une lumière : « Je ne me sentirai tout à fait à Paris, et heureuse d'y être, que lorsque vous y serez, vous aussi. Et que de bonnes et chères causeries ! Et que le temps s'écoulera doucement et poétiquement ! »

---

[100] De son vrai nom Marie-Leticia Bonaparte, cousine de Louis Bonaparte, et exilé par ses soins pour complot contre lui. Femme de lettres, exilée à Aix-Les-Bains, elle écrira de nombreux poèmes et romans.

Je lis, je relis ces lignes adorables, ces projets plus adorables encore, et ma main tremble. Votre jeunesse songe-t-elle à mes années ?

Vous résistez, grand Dieu ! Tout ce que j'ai fait jusqu'à ce jour n'est rien auprès de ce que je fais à cette heure ;

À vos pieds, Madame.

Guernesey, Hauteville House, le 16 janvier 1869.

– Auguste,

J'ai pensé à deux noms pour votre journal. « Le Rappel[101] » ou « L'appel au peuple », j'aime ce second titre qui est grand, sérieux et neuf.

« Mais le « rappel », j'aime aussi tous les sens du mot. Rappel des principes par la conscience ! Rappel de la vérité par la philosophie ! Rappel du devoir par le droit ! Rappel des morts par le respect ! Rappel du châtiment par la justice ! Rappel du passé par l'histoire ! Rappel de l'avenir par la logique ! Rappel des faits par le courage ! Rappel de l'idéal dans l'art par la pensée ! Rappel du progrès par la science, par l'expérience et le calcul ! Rappel du peuple à la souveraineté par le suffrage universel ! Rappel de l'égalité par l'enseignement gratuit et obligatoire ! Rappel de la liberté par le réveil de la France ! Rappel de la lumière par le cri ! »

Fiat jus ! Laissez le droit !

Vous dites voilà notre tâche, je dis voilà votre œuvre.

V.H.

---

[101] La première édition fut le 4 mai 1869.

Guernesey, Hauteville House, le 4 avril 1869.

– Monsieur Lacroix,

Vous avez acquis par moi, le droit de publier « L'Homme qui rit ». Aujourd'hui, vous faites paraître ce livre dans des conditions que je ne peux accepter. Toutes mes remontrances ont été vaines, mes lettres sans réponse de votre part, mes avertissements sans effets. Vous avez persisté. Ce livre est sous la forme de quatre volumes que vous deviez vendre le même jour, mais pour des raisons purement spéculatives, vous avez voulu les vendre à des moments différents, à un prix plus important et sous conditions. Cela excède votre droit, mais je ne pourrai aller en justice, être hors de France, c'est être hors la loi. Mais je le ferai savoir, cette lettre sera publiée dans tous les journaux. Notre rupture est faite. Je ne tiens pas à m'associer à votre massacre. Je voulais pour « L'Homme qui rit », comme pour « Les Misérables » et « Les Travailleurs de la Mer », la publication pure et simple, sans complication, avec les abaissements de prix successifs. Loin de démocratiser le livre, votre combinaison, dont je me suis rendu compte, lui crée des difficultés de circulation[102].

---

[102] Les ennuis vont ensuite commencer pour l'éditeur, et il terminera sa vie presque ruinée.

Guernesey, Hauteville House, le 14 juin 1869.

Recueil de notes.

Une grosse tuile vient de me tomber sur la tête. Madame Nicolle de la boutique du même nom est venue me réclamer 2 085 francs dus à elle par feue Mesdames Hugo. J'ai payé en silence, les factures étaient présentes, à l'appui de la somme réclamée. Depuis dix mois, j'ai payé plus de 10 000 francs de dettes[103], cela a achevé mes économies, et m'a mis à sec, et cela sans compter ses créanciers de Bruxelles. On dit que je suis radin, mais ma famille, ma fille, mes fils et ma femme de son vivant touchaient une pension bien importante.

Ma fille doit rentrer en France, je vais lui donner 500 francs pour qu'elle puisse faire le voyage.

On me dit que Paris remue bien, cela ne va pas aboutir, mais l'on sent que ce régime est en bout de course. Gare à la prochaine secousse. On me dit que toutes mes lettres sont interceptées.

Les journaux viennent d'arriver et pas de « Rappel ». On dit dans « L'indépendance » que le « Rappel » n'est pas paru et des mandats d'amener ont été lancés contre Paul

---

[103] Estimation à 50 000 euros de nos jours.

Meurice et Auguste Vacquerie, et les locaux envahis.
Allons, me voilà inquiet.

Guernesey, Hauteville House, le 12 octobre 1869.

– Monsieur Jourdan[104],

Mon cher et ancien ami,

On vient de m'apporter les journaux, dont le « Siècle », et je lis votre article qui me touche, m'honore et me surprend. Puisque vous me donnez la parole, eh bien je vais la prendre et cette fois-ci, elle sera authentique.

Oui, l'Empire décline et l'on voit par l'intermédiaire de votre journal, tous les signes qui annoncent un automne vieillissant et un hiver précoce. Louis Bonaparte a violé sa propre constitution, et c'est un signe. Il devait convoquer les chambres pour le 29 septembre, il ne l'a pas fait. Le peuple s'est irrité, la menace d'une émeute est présente. Vous supposez que je suis pour quelque chose dans cette colère et cet appel. Vous indiquez que la situation dépend de deux hommes, l'un Empereur et qui viole sa constitution, l'autre proscrit et qui excite le peuple. Vous écrivez et je vous cite : « En ce moment deux hommes placés aux pôles extrêmes du monde politique encourent la plus lourde responsabilité que puisse porter une conscience humaine, l'un d'eux est assis sur un trône, l'autre c'est Victor Hugo. »

[104] Rédacteur au journal « Le siècle ».

Permettez-moi de vous dire que je suis un simple lecteur du « Rappel », et je croyais l'avoir suffisamment dit pour ne pas être contraint de la redire. Ensuite, je n'ai jamais conseillé et ne conseille aucune manifestation populaire pour le 26 octobre. Par contre, j'ai pleinement approuvé le journal, qui demandait à la gauche une démonstration pacifique et sans armes. La gauche s'est abstenue, le peuple doit s'abstenir. Le point d'appui manque au peuple.

Le droit est du côté du peuple, la violence est du côté du pouvoir, ne donnons pas à celui-ci, le prétexte d'exercer la violence contre le droit ?

Un dernier mot, le jour où je conseillerai une insurrection, j'y serai.

Je vous remercie de votre appel, je viens d'y répondre.

V.H.

Guernesey, Hauteville House, le 11 novembre 1869.

Recueil de notes.

J'ai des aveux à faire. En voici un.

J'ai été enfant de troupe. J'avais été inscrit par mon père sur les contrôles du Royal-Corse. C'est pour cela que j'ai une vague sympathie pour l'armée. Mais une armée sans tache. Une armée qui défend le peuple. Comme cette grande armée, celle d'il y a quatre-vingts ans, celle qui s'est appelée l'armée de la République, puis de l'Empire, et qui était à travers l'Europe, l'armée de la Révolution. Elle a eu un grand rôle. Elle avait partout démobilisé les préjugés, les bastilles et les privilèges. Elle avait dans son havresac l'encyclopédie, la philosophie et les lumières. Elle dénommait « pékin » le bourgeois et « calotin » le prêtre. Elle vidait les préjugés et les prisons sur son passage dans les capitales des pays. Elle détruisait les chambres de torture en Allemagne, les cachots de la papauté à Rome, les caves de l'inquisition en Espagne. Elle avait éventré durant dix ans les carcasses du despotisme. Plus tard, hélas, elle servit l'Empire, mais en enlevant Napoléon et en gardant Bonaparte, cette armée resta grande. Elle avait la vieille flamme de la République et était l'esprit de la France armée.

J'ai aussi des souvenirs à évoquer. En voici un.

J'étais à Madrid du temps de Joseph Bonaparte. C'était l'époque où les prêtres montraient aux paysans espagnols la comète de 1811[105], en leur précisant que l'on y voyait la Sainte Vierge qui tenait leur ancien roi Ferdinand VII par la main et ceux-ci les apercevaient distinctement. J'étais au séminaire du collège San Isidro. J'avais pour maître deux jésuites, un doux et un dur. Un jour, ils menèrent la classe sur un balcon pour observer des régiments français qui faisaient leur entrée dans Madrid. Ils avaient fait les campagnes d'Italie et d'Allemagne. Les Madrilènes regardaient avec méfiance, ces soldats qui apportaient l'esprit français et avaient fait subir à l'Église une voie de fait révolutionnaire. Le bon jésuite en les voyant dit : « Voilà Voltaire qui passe ».

Que toutes les armées, et notamment celle de Louis Bonaparte y pensent. Cette armée-là n'aurait pas tiré sur des femmes et des enfants. On ne vient pas d'Arcole et de Friedland pour aller à Ricamarie[106]. Car cette armée d'il y a quatre-vingts ans, la fumée dissipée laissait derrière elle,

---

[105] Baptisé comète Flagergues, d'après le nom de l'astronome français qui l'aperçut le premier en mars 1811. Le passage se fait tous les trois mille ans.

[106] Commune de la Loire où l'on exploitait des mines de charbon, l'armée y réprime une grève et le 16 juin 1869, on y relève 14 morts.

une traînée de lumière. Et non pas une traînée de sang et de pleurs comme celle d'aujourd'hui qui en tirant sur la foule des mineurs en grève a tué des personnes, dont des femmes et un enfant. Le 16 juin 1869, ce régiment d'infanterie a déshonoré ses anciens, comme ce régiment qui vient de tirer sur les mineurs d'Aubin dans l'Aveyron, il y a quelques jours. Cette armée sera confondue avec le Second Empire et son tyran, et l'on parlera d'eux comme ceux qui ont tiré sur des malheureux sans défense, ils essayaient de tuer la misère. Je leur dédis ces quelques vers.

« - Quel âge as-tu ?

- Seize ans.

- De quel pays es-tu ?

- D'Aubin.

- N'est-ce pas là, dis-moi, qu'on s'est battu ?

- On ne s'est pas battu, l'on a tué.

- La mine prospérait. Quel était son produit ?

- La famine.

- Oui, je sais, le mineur vit sous terre, et n'a rien.

- Avec la nuit de plus, il est galérien.

- Mais toi, faisais-tu donc ce travail, jeune fille ?

- Avec tout mon village et toute ma famille,

oui. Pour chaque hottée on me donnait un sou.

Mon grand-père était mort, tué du feu grisou.

Mon petit frère était boiteux d'un coup de pierre.

Nous étions tous mineurs, lui, mon père, ma mère,

Moi. L'ouvrage était dur, le chef n'était pas bon.

Comme on manquait de pain, on mâchait du charbon.

Aussi, vous le voyez, Monsieur, je suis très maigre ;

Ce qui me fait du tort

- Le mineur, c'est le nègre.

- Hélas, oui ! Dans la mine on descend, on descend.

On travaille à genoux dans le puits. C'est glissant.

Il pleut, quoiqu'on n'ait pas de ciel. On est sous l'arche

D'un caveau bas, et tant qu'on peut marcher, on marche ;

Après on rampe ; on est dans une eau noire ; il faut

Étayer le plafond, s'il a quelque défaut ;

La mort fait un grand bruit quand tout à coup elle entre ;

C'est comme le tonnerre. On se couche à plat ventre.

Ceux qui ne sont pas morts se relèvent. Pas d'air.

Chaque sape est un trou dont un homme est le ver.

Quand la veine est en long, c'est bien, quand elle est droite,

Alors la tâche est rude et la sape est étroite :

On sue, on gèle, on tousse ; on a chaud, on a froid.

On n'est pas sûr si c'est vivant tout ce qu'on voit.

Sitôt qu'on est sous terre on devient des fantômes.

Les pauvres paysans qui vivent sous les chaumes

Respirent du moins l'air des cieux. On étouffait.

- Pourquoi ne pas vous plaindre aussi ?

- Nous l'avons fait.

Nous avons demandé, ne croyant pas déplaire,

Un peu moins de travail, un peu plus de salaire.

- Et l'on vous a donné, quoi ?

- Des coups de fusil.

Je m'en souviens, le maître a froncé le sourcil.

Mon père est mort frappé d'une balle.

- Et ta mère ?

- Folle.

- Et tu n'as plus rien ?

- Si. J'ai mon petit frère.

Il est infirme, il faut qu'il vive de façon

Que j'ai mendié, mais on m'a mise en prison.

Je ne sais pas les lois, mais on me les applique.

- Que fais-tu donc alors ?

- Je suis fille publique."

Ode à la misère V.H, 1869.

Guernesey, Hauteville House, le 18 décembre 1869.

– Charles,

te voilà frappé pour la seconde fois. La première fois, il y a dix-neuf ans. Tu combattais l'échafaud, on t'a condamné. Aujourd'hui, en appelant le soldat à la fraternité, tu combats la guerre, on t'a condamné. Je t'envie ces deux gloires.

En 1851, tu as été défendu par Crémieux, ce grand cœur qui défend toujours les nobles causes. Aujourd'hui, tu es défendu par Gambetta, le puissant évocateur du spectre de Baudin, et par Jules Favre, le maître de la parole que j'ai vu si intrépide le soir du 2 décembre.

Tu as commis le crime, et tu le commettras encore de préférer la société qui éclaire, qui enseigne, qui aide les plus faibles, à la société qui tue. Tu combats le bourreau et le soldat, l'homme guillotine et l'homme fusil. Tu es aussi suspect de ne point approuver le viol des lois à main armée et les arrestations nocturnes de celui qui a porté un serment et l'as trahi. C'est pour ces raisons que tu as été condamné par cette magistrature française.

Persistons. Soyons de plus en plus fidèles à l'esprit de ce grand siècle.

Moi qui parle ici, à la fois solitaire et isolé, solitaire par le lieu que j'habite, isolé par les escarpements qui se sont faits autour de ma conscience, je suis profondément étranger à des polémiques qui ne m'arrivent souvent que longtemps après leur date. Je n'écris et je n'inspire rien de ce qui agite Paris, mais j'aime cette agitation.

J'y mêle de loin mon âme. Je suis de ceux qui saluent l'esprit de la révolution partout où ils le rencontrent. J'applaudis quiconque l'a en lui, qu'il se nomme Jules Favre ou Louis Blanc, Gambetta ou Barbès, Bancel ou Félix Pyat, et je sens ce souffle puissant dans la robuste éloquence de Pelletan comme dans l'éclatant sarcasme de Rochefort.

Voilà ce que j'avais à te dire, mon fils.

Mon dix-neuvième hiver d'exil commence. Je ne m'en plains pas. À Guernesey, l'hiver n'est qu'une longue tourmente. Pour une âme indignée et calme, c'est un bon voisinage que cet océan en plein équilibre quoiqu'en pleine tempête, et rien n'est fortifiant comme ce spectacle de la colère majestueuse[107].

V.H.

---

[107] La lettre fut publiée par le journal de ses fils, dans un numéro spécial le 2 janvier 1870.

Guernesey, Hauteville House, le 20 mars 1870.

– Mon cher Paul Meurice,

Je vous écris oppressé. Il y a eu ici une catastrophe. Un bateau s'est perdu en mer. L'île est en deuil, les pavillons sont en berne, les maisons fermées. C'est la première fois qu'un navire de liaison se perd depuis quarante ans qu'il y a entre l'Angleterre et l'archipel un va-et-vient de steamers. Le capitaine est mort stoïquement. Il s'appelait Harvey. Une large face vermeille, des favoris blancs, des yeux bons et braves. Il y a trois ans, en juillet 1867, j'étais sur son bateau. La flotte anglaise était présente pour le vice-roi d'Égypte et la reine Victoria. Quelques Ladies qui étaient à bord du bateau avec moi et qui souhaitaient voir la flotte me prièrent d'en exprimer le désir. Elles me disaient :"*Dites au capitaine que vous en avez envie. – Mais, Mesdames, leur répondis-je, un navire français ne ferait pas cela pour moi.*" Le capitaine Harvey entendit. Il s'écria : "*Ce qu'un navire français ne ferait pas pour Victor Hugo, un navire anglais doit le faire.*", et il mit le cap sur le lieu, me montrant la flotte pendant que la reine la montrait au vice-roi. Cet aimable homme était un héros, et vient de mourir

215

superbement. Il a sauvé tous ceux qu'il a pu et il est resté sur son navire. Je vous dis tout cela. Je suis triste. VH.

Guernesey, Hauteville House, le 17 juillet 1870.

– À Paul Meurice,

La nouvelle arrive ici que la guerre est déclarée. Je crois à l'écrasement de la Prusse, mais les complications peuvent aller de choc en choc jusqu'à la révolution. Vous avez fait sur ces questions-là de bien beaux articles.

Je suis absolument d'accord avec Alton Shée[108]. Il faudra saisir à un moment donné, le mot civilisation, ayant pour complément la révolution. Je désire le Rhin pour la France, parce qu'il faut faire, matériellement comme intellectuellement, le groupe français le plus fort possible, afin qu'il résiste, dans le parlement des États-Unis d'Europe, au groupe allemand, et qu'il impose la langue française à la fédération européenne. Les États-Unis d'Europe parlant allemand, ce serait un retard de trois cents ans. Un retard, c'est-à-dire un recul. Quand je vous verrai, je vous développerai cela.

---

[108] Homme politique français, contemporain de Victor Hugo qui passa du parti conservateur monarchiste au parti démocratie et socialiste.

Guernesey, Hauteville House, le 22 juillet 1870.

– À Adèle Hugo.

Ma très chère femme, je t'écris par-delà nos consciences pour pouvoir exprimer des sentiments que je ne peux pas parfois dire à d'autres vivants. Je sais que dans cette terre de Normandie où tu reposes à côté de notre fille, tu m'entends. Les mots volent toujours au-delà des frontières, des mers des montagnes et des lacs. Ils sont indestructibles, ne périssent jamais, ne se dégradent jamais, et gardent à travers les siècles, leurs sens, leur éclat et leur pouvoir.

J'ai lu dans un journal, le compte rendu d'un procès qui se tient de nos jours où l'on fait avouer à certains accusés, que de mon lointain exil j'ai participé à un complot contre l'État, mais quel État, celui que Bonaparte a volé ? Et contre la vie de l'Empereur, mais quel Empereur, celui qui a usurpé cette identité [109]?

L'on fait dire à notre fils Charles des mots qu'il n'a jamais prononcés, justifiant cette accusation pour attenter à la vie de ce parjure. Ces accusateurs et agitateurs, sortis du chapeau de la magistrature de Bonaparte, veulent « soulager leur conscience ». Ils décrivent au tribunal de pures inventions, mais tout sera balayé par l'Histoire, le passé et

---

[109] Le procès se tint de mai à juillet 1870. Toutes les accusations furent abandonnées, faute de preuves.

218

la moralité de ces marionnettes de Bonaparte et de sa police. Il ne restera rien de cette justice, de ses provocations, de ses juges indignes, de ses accusations perfides.

Dors ma chère Adèle, je voulais partager avec toi mon indignation. Sous peu, j'irai te rejoindre.

Bruxelles, Rue des Barricades, le 19 août 1870.

– Paul Meurice, mon ami.

Après le télégramme où je vous annonçais mon retour à Paris pour le 22 août comme garde national, je vous dois bien quelques explications. Je suis allé ce jour à l'ambassade de France, où j'ai déclaré que je ne reconnaissais pas l'Empire français et que je subissais contraint et forcé la formalité d'un passeport. Le fonctionnaire a voulu saluer le poète. Je lui ai répondu courtoisement et j'ai renouvelé ma demande, indiquant que je voulais être de retour en France en garde national et rien de plus, pour défendre mon pays. Il m'a promis des passeports. Je veux rentrer à Paris accompagné de mes deux fils. Je me ferai inscrire dans l'arrondissement où je trouverai un logement et je partirai le fusil à l'épaule au rempart, défendre la capitale contre les Prussiens, puisque Napoléon le petit et ses généraux de traîne-sabre ne le peuvent pas et ne savent pas faire. Dès le document entre nos mains, nous prendrons le train de Bruxelles et serons à Paris dans la nuit.

En attendant de trouver un lieu où dormir, nous logerons à l'hôtel. Je vais enfin pouvoir vous revoir sur le sol français. Cet empire se meurt dans la honte et l'indignité, comme je l'avais prévu.

Mais je n'avais pas prévu la dislocation de la France et son cortège de désastres, de malheurs et de honte.

– Mon Paul, comme j'ai eu plaisir de lire ton télégramme ! Et drôle en plus : « Amenez immédiatement les enfants ». Je savais ainsi qu'il n'y avait plus de danger de rentrer. Napoléon le petit était déchu par l'assemble le 4 et la République proclamée le même jour. Comme tu as eu raison ! J'ai foulé de nouveau le sol de ma patrie, la terre d'une République, dix-neuf ans après l'exil d'un coup d'État.

– Ton voyage en train a été long !

– Le train s'est arrêté à plusieurs reprises. Nous avons été fêtés tout au long du voyage. Durant celui-ci j'ai vu des trains de soldats français prendre le chemin de Paris.

– Quel accueil à Paris, mon ami.

– Oui. Cette foule immense qui nous attendait. J'ai dû prendre la parole à plusieurs reprises, même du haut de ma calèche qui nous emmenait chez toi. Ils ont chanté la Marseillaise, le Chant du Départ. Ils m'ont payé en deux heures les dix-neuf ans d'exil. J'ai mal aux poignées d'avoir serré tant de mains, mais c'est une douleur heureuse, ce sont des mains du peuple de France. J'ai vu une femme tenir tout le long du trajet la bride des chevaux. Un homme en blouse m'a récité certains de mes vers. D'autres ont crié le nom de mon petit-fils.

– Ta journée va être longue, les visites vont se succéder. Le premier est Rey, il attend depuis le petit matin.

– Il ne faut pas le faire attendre ! Alexandre Rey, Quelle joie de vous revoir enfin ! Vous souvenez-vous ?

– Comme si c'était hier ! Je vous ai accueilli à la barricade Baudin.

– Elle m'a inspiré certains vers des « Châtiments » : « La barricade était livide dans l'aurore. Et comme j'arrivais, elle fumait encore. Rey me serra la main et me dit, Baudin est mort... »

Le jour est heureux pour moi, je foule ma terre natale, mais nous pleurons toujours nos morts.

Paris, hôtel Byron rue Lafitte, le 16 septembre 1870.

– Victor, il faut publier ton appel aux Français rapidement, les Prussiens sont aux portes de la capitale !

– Paul, dis-moi, ce que tu en penses : « Que toutes les communes se lèvent ! Que toutes les campagnes prennent feu ! Que toutes les forêts s'emplissent de voix tonnantes ! Que de chaque maison il sorte un soldat ! Que le faubourg devienne régiment ! Que la ville se fasse armée !

Les Prussiens sont huit cent mille, vous êtes quarante millions d'hommes. Dressez-vous, et soufflez sur eux ! Lille, Nantes, Tours, Bourges, Orléans, Dijon, Toulouse, Bayonne, ceignez vos reins. En marche ! Lyon, prend ton fusil, Bordeaux, prend ta carabine, Rouen, tire ton épée, et toi Marseille, chante ta chanson et vient terrible.

Cités, cités, cités, faites des forêts de piques, épaississez vos baïonnettes, attelez vos canons, et toi village, prends ta fourche. On n'a pas de poudre, on n'a pas de munitions, on n'a pas d'artillerie ? Erreur ! On en a.

Que les rues des villes dévorent l'ennemi, que la fenêtre s'ouvre furieuse, que le logis jette ses meubles, que le toit jette ses tuiles, que les vieilles mères indignées attestent leurs cheveux blancs.

Que les tombeaux crient, que derrière toute muraille on sente le peuple et Dieu, qu'une flamme sorte partout de terre, que toute broussaille soit le buisson-ardent !

Quant à l'Europe, que nous importe l'Europe ! Qu'elle regarde, si elle a des yeux. On vient à nous si l'on veut. Nous ne quêtons pas d'auxiliaires. Si l'Europe a peur, qu'elle ait peur. Nous rendons service à l'Europe, voilà tout. Qu'elle reste chez elle, si bon lui semble. Pour le redoutable dénouement que la France accepte si l'Allemagne l'y contraint, la France suffit à la France, et Paris suffit à Paris. Paris a toujours donné plus qu'il n'a reçu. S'il engage les nations à l'aider, c'est dans leur intérêt plus encore que dans le sien. Qu'elles fassent comme elles voudront, Paris ne prie personne.»

Paris, hôtel Byron rue Lafitte, le 19 septembre 1870.

– Victor, le siège est en place. D'ici quelques jours, nous ne pourrons plus sortir de Paris.

– Je sais cela, Paul. On me demande de toute part d'exercer des pressions sur le gouvernement de défense nationale, sur Trochu, sur Favre, sur Thiers, sur Simon et tant d'autres. Il est vrai qu'à part Gambetta et Crémieux, les autres n'emportent pas mon adhésion. Mais à la fin, il serait plus dangereux à renverser le gouvernement qu'à le maintenir.

– As-tu vu Nadar ?

– Oui, hier, il est venu chercher mes lettres, mes appels aux Allemands, aux Français, aux Parisiens, il veut les lâcher sur la France à partir de son ballon qui partira dans quelques jours. Il l'a appelé le Barbés. On dit qu'il emportera Gambetta qui ira former une délégation du gouvernement à Tours et constituera une nouvelle armée.

– Comment va ta famille ?

– Charles et sa famille ont quitté l'hôtel Navarin et sont allés s'installer rue de Rivoli. Je pourrai ainsi dîner chaque jour avec eux et Victor.

Paris, 5 avenue Frochot, le 10 octobre 1870.

— François-Victor, c'est une belle demeure, et j'aime ce quartier.

— Oui, père, il attire des artistes, peintres, écrivains, musiciens, même des comédiens m'a-t-on dit. C'est un lieu calme entouré de verdure, et pas trop éloigné de Montmartre et des grands boulevards. Quelles sont les nouvelles ? On dit que tous les politiques et les notables viennent te voir pour qui des conseils, qui des demandes, qui des interventions...

— Et je leur fais la même réponse, je ne suis rien. La seule demande que j'aie considérée, c'est celle du comité des gens de lettres qui m'ont prié de le présider.

— Charles a visité les fortifications autour de Paris, il dit que toutes les forêts brûlent.

— Il faudrait que je les visite aussi. Hier, j'ai déposé au bureau du journal, une souscription faite à Guernesey pour nos blessés de Paris. Nos amis, nos voisins, nos relations ont envoyé 2088 francs. On m'envoie aussi des bijoux, de l'or, de l'argent souvent de façon anonyme pour l'appel que le journal a lancé afin de subvenir aux besoins des orphelins et des veuves de notre ville. Une dame m'a aussi envoyé une petite médaille pour le premier anniversaire de notre petite Jeanne.

– Elle commence à balbutier quelques mots, Charles est très fier. Tu entends ? Les bombardements sont maintenant continuels.

– Oui, ce sont des barbares. Je suis allé signer la déclaration de l'institut de France pour protester contre la destruction des monuments de Paris.

– Jules Claretie m'a dit être venu te voir.

– Oui, il ne se contente plus d'être romancier, dramaturge, critique littéraire et chroniqueur de la vie parisienne, il veut être aussi historien. Il va écrire une « Histoire de la révolution ».

– Laquelle ?

– Celle de 1870[110] ! Mais je lui ai dit que ce n'était pas une révolution, c'était une chute, la République a été proclamée sur ses cendres.

– On dit que Strasbourg est tombé.

– Oui, Gambetta me l'a appris, après 46 jours de siège, la ville était en feu. Des centaines de milliers d'obus sont tombées, tuant des milliers d'habitants.

– Vas-tu accepter la candidature du XIième arrondissement ?

---

[110] Histoire de la Révolution 1870-1871, paru en 1877.

– Non ! Des délégués sont venus me voir pour me la proposer, j'ai refusé. Je leur ai dit que je n'acceptai pas une candidature de clocher. Mais que j'accepterai volontiers une place sur la liste de la ville de Paris. Je veux un vote par scrutin de liste pour cette ville.

– As-tu vu les ballons de notre ami Nadar ?

– Oui, en me baladant près des falaises de Montmartre[111]. J'ai fait signe à Gambetta, il se préparait à partir, emmitouflé dans un gros paletot et chaussé de bottes fourrées et coiffé d'une casquette de loutre. On dit qu'il fait très froid là-haut.

– Père, des rumeurs, des bruits circulent sur ce gouvernement. On dit qu'il veut négocier à tout prix un armistice.

– Je les entends aussi. Des personnes sont venues me voir pour me demander s'il ne fallait pas l'attaquer. Je leur ai répondu qu'une guerre civile ferait les affaires de la Prusse et leur livrerait la ville.

[111] Les falaises de Montmartre, situées dans la rue Ronsard qui avant 1860 n'était qu'un chemin de terre. Des carrières de gypse y étaient exploitées depuis l'époque gallo-romaine. Une grotte existait.

Paris, 5 avenue Frochot, le 22 octobre 1870.

– Es-tu sûr de tes informations, père ?

– Oui, Charles, et puisque Victor vient de rentrer, je vais les redire. Après la tentative de percée par nos troupes sur Buzenval et la retraite qui a suivi la contre-offensive allemande, ils ont pris des otages parmi la population et les ont jugés par un tribunal militaire pour avoir aidé les troupes françaises.

– Mais ce sont des civils !

– Oui, ils ont fusillé certains devant le reste de la population, les autres ont été déportés en Allemagne.

– Pourquoi donc après chaque victoire d'une offensive de nos troupes, on sonne la retraite, comme à Chatillon, comme à Buzenval. Ce gouvernement joue un double jeu.

– Victor, le gouvernement ou les militaires ? Tant que le canon prussien tonne, cela doit nous recommander l'union. J'ai demandé à Ernest Picard, le ministre des Finances, un décret immédiat pour libérer tous les prêts du Mont-De-Piété au-dessous de quinze francs, afin de soulager la misère. Je lui ai dit que les pauvres ne pouvaient attendre, il devait le faire dès demain.

– À-on des nouvelles de Gambetta ?

– Oui, il est sauf. Il est descendu à Epineuse, près d'Amiens. J'ai revu Théophile Gautier il y a quelques jours, après tant d'années ! Il est malade, presque ruiné, et vit dans la misère, je lui ai dit que le couvert serait mis pour lui chaque fois qu'il le souhaiterait.

– Des nouvelles du ballon qui porte ton nom ?

– Oui, parti le 17, il est descendu en Belgique, c'est le premier qui passe la frontière. J'ai envoyé du courrier à Londres, il y parviendra. J'ai vu hier les premiers timbres-poste à l'effigie de la République de 1870. Je ne pensais plus voir cela ces dernières années d'exil.

– Et ton livre, « L'histoire d'un crime », rédigé et non paru !

– Ah, mes enfants, si tout va bien, les feuilles noircies resteront au fin fond de ma malle de manuscrit. Car, il ne pourrait être publié que si un nouveau coup d'État se préparait. Le livre pourrait permettre son échec. Les mots sont souvent plus destructeurs que les balles.

Paris, 5 avenue Frochot, le 2 novembre 1870.

– Des nouvelles de ce soulèvement, Paul ?

– C'est terminé. Le gouvernement a repris le pouvoir. Favre a promis des élections municipales et a assuré qu'il n'y aura pas de représailles. Tous les chefs de cette insurrection ont quitté librement l'Hôtel de Ville. Mais le mécontentement est toujours vif. Dans le Rappel, je demande avec force les élections de la commune de Paris. Ce qui s'est passé se reproduira. Dès le départ, il s'agissait d'une manifestation patriotique faisant suite aux tristes nouvelles de ces derniers jours, la défaite du Bourget, la capitulation du général Bazaine à Metz avec 100 000 soldats français faits prisonniers que le gouvernement dément puis confirme, et enfin la nouvelle de pourparlers entre le gouvernement de défense nationale et les Prussiens.

– Tu as eu confirmation ?

– Oui, ils ont envoyé Thiers pour négocier avec Bismarck. Il a pour mission de signer un armistice. Le jeune maire du XVIIIième, Clemenceau, a protesté en disant que l'on ne pouvait accepter cela sans trahison. C'est ce mot qui a été le déclencheur de la manifestation. Trahison ! N'oublions pas qu'ils n'ont pas voulu organiser une sortie massive pour soutenir les francs-tireurs du Bourget et rompre l'encerclement. Trois mille soldats sont morts ou prisonniers. Les Parisiens disent qu'ils organisent non pas la défense de la ville, mais sa défaite.

– Il est certains que les discours du général Trochu n'ont fait que rendre la foule encore plus mécontente. Sais-tu que Blanqui, Flourens et Delescluze sont venus me voir pour les aider à renverser ce pouvoir ? J'ai refusé. Ensuite des gardes nationaux sont venus me chercher pour que je préside le nouveau gouvernement. J'ai refusé.

– Tu as bien fait, mais j'espère que ces rumeurs sur leur volonté de vouloir la défaite par peur d'un gouvernement socialiste ne sont pas vraies !

– Mes enfants, si cela était, alors de nouveau, demain, après-demain, dans quelques jours, dans quelques semaines, dans quelques mois, les foules des patriotes des quartiers de Paris, viendront en masse pour prendre le pouvoir. Ils seront rejoints par les gardes nationaux. De nouveau les bataillons iront envahir l'Hôtel de Ville, la préfecture et les ministères, et cette fois-là, le soulèvement tournera à l'émeute, et l'émeute tournera à la révolution. Et ce jour-là, les bataillons de ligne fraterniseront avec les gardes. Paris ne sera que révolte.

Paris, 5 avenue Frochot, le 12 novembre 1870.

– Victor, c'est plus qu'une promesse non tenue, c'est un parjure ! Ferry, Favre et Trochu se sont parjurés.

– Ils sont forts du plébiscite, Vacquerie. À la question de savoir si la population de Paris maintient les pouvoirs de ce gouvernement, la majorité des habitants de Paris ont répondu oui.

– Victor, mon ami, est-ce une raison suffisante pour maintenant refuser les élections de la Commune de Paris ? Est-ce une raison suffisante pour arrêter les membres influents qui ont participé au 31 octobre ? Et ceux qui n'ont pas été appréhendés sont en fuite ! Arago, le maire de Paris a démissionné pour marquer sa réprobation. Clemenceau aussi, il dit que Jules Favre est un conservateur déguisé !

– Cela n'empêche pas le siège de se poursuivre et les gens de souffrir. J'ai rendu visite à des soldats blessés, ceux de la Porte Saint-Martin, quelqu'un m'avait prié de venir les voir, et j'y suis allé de grand cœur. Ils sont couchés dans de nombreuses salles de ce théâtre. En les voyant, je leur disais que j'étais envieux de leurs blessures, car ils souffraient pour la patrie, pour notre France. Eux, ils étaient ses enfants, les fils préférés de la République, les élus de la patrie, ils souffraient pour sa gloire. Ils étaient émus de mes paroles. J'ai serré la main de tous, l'un avait un poignet mutilé, l'autre un nez manquant, un bras coupé, une jambe en moins, un visage défiguré. Nous avons parlé, échangé nos origines, évoqué nos villages d'enfance, esquissé nos parents. Mon dieu, qu'ils étaient jeunes, des enfants. Sais-tu que les infirmières sont les actrices de ce théâtre ? Nous pleurions tous. Grâce aux recettes de la lecture des Châtiments dans les salles, on va construire trois canons. La Société des gens de lettres désire que, le premier se nomme Châteaudun, le deuxième s'appelle Châtiment et le troisième Victor Hugo. Mais je préfère que tout ce que l'on donne de moi sur toutes les scènes soit pour les blessés, les ambulances, les orphelinats, les victimes, les pauvres, les orphelins, les veuves. J'abandonnerai tous mes droits d'auteur. Alors oui, c'est un parjure, une honte, mais l'apocalypse de la Bible est à nos portes, devant nous.

Paris, 5 avenue Frochot, le 22 novembre 1870.

— C'est toi Adèle, ma bien-aimée ? Es-tu un songe ? Un rêve ? Une réalité ? Tu as enfin répondu à mes demandes de venir me voir par-delà la mort pour me parler, me donner des nouvelles de notre fille ?

— Non, mon ami, je suis venu te réprimander ! Faire construire des canons avec les recettes de ton œuvre, les Châtiments ? Tu t'égares mon ami ! As-tu oublié tes vers ?

« Tu feras expier à ces hommes leurs crimes,

Ô peuple généreux, ô peuple frémissant,

Sans glaive, sans verser une goutte de sang,

Par la loi ; sans pardon, sans fureur, sans tempête.

Non, que pas un cheveu ne tombe d'une tête ;

Que l'on n'entende pas une bouche crier ;

Que pas un scélérat ne trouve un meurtrier.

Les temps sont accomplis ; la loi de mort est morte.

Du vieux charnier humain nous avons clos la porte.

Tous ces hommes vivront. — Peuple, pas même lui ! »[112]

— Réponds-moi, mon ami ! As-tu oublié ton œuvre ? As-tu oublié ta lutte contre la peine de mort ? Contre

[112] Les châtiments, 1853.

l'échafaud ? Contre la potence ? Contre le peloton ? Alors, explique-moi, mon ami, un canon fait-il moins de morts ? Et si le canon se retourne contre les tiens, tes enfants, tes petits enfants, fera-t-il moins de victimes ? As-tu vu Jeanne, ta petite fille, défigurée, mutilée, meurtrie ? As-tu oublié le peuple ?

– Oh, Adèle, tu t'éloignes de moi, car je me suis égaré !

Lettre à Jules Simon, lundi soir 21 novembre.

« Cher confrère et cher ministre, je veux donner au peuple une fête républicaine, lui offrir une lecture des châtiments dans la salle de l'opéra que l'empereur souillait et que le peuple glorifiera. Vous êtes un noble esprit et un grand cœur. Vous m'y aiderez. La société des gens de lettres, dont nous sommes tous deux présidents honoraires, attend cela de nous. Je vous remercie d'avance de l'ordre immédiat que vous donnerez. Votre ami. Victor Hugo. »

Les recettes de la lecture de mes œuvres iront pour l'aide au peuple, non plus pour construire des canons.

Paris, 5 avenue Frochot, le 25 novembre 1870.

– Un dîner avec peu de choses, il manque tout, mais comme je les aime ces dîners avec vous, mes amis Meurice, Vacquerie et vous, mes fils. On dit que l'on fait du pâté de rats et que c'est bon.

– Madame Meurice veut des poules et des lapins en prévision de la future famine qui s'annonce. J'ai fait construire une cahute dans notre jardin.

– Il est vrai, un oignon coûte un sou, une pomme de terre coûte un sou. Hier nous avons mangé un cuissot d'antilope du jardin des plantes, c'est excellent.

– Quelles sont les nouvelles, père ?

– Une députation d'Américains des États-Unis est venue me voir pour exprimer leur indignation contre leur gouvernement et son président, Grant, qui ont abandonné la France. Une bonne nouvelle, mes amis, Napoléon Le Petit va paraître en édition parisienne. Notre ami Hetzel m'a envoyé des exemplaires ce matin. J'ai demandé à votre journal de publier une annonce pour la lecture de mes œuvres. Il ne faut plus avoir mon autorisation, ce que j'ai écrit n'est plus à moi. Je suis public.

– As-tu des nouvelles de Juliette ?

– Oui, avant ses lettres me parvenaient, maintenant plus. Je lui ai dit de rester à Guernesey, de ne pas venir, c'est par trop dangereux, et vous tous ici présent, j'ai une demande et une prière. S'il m'arrivait quelque chose, on doit s'attendre à tout, j'aimerais que vous puissiez continuer à l'aimer et à la respecter. Elle m'a sauvé la vie en décembre 1851. Elle a subi pour moi, l'exil, la fuite et parfois la misère. Elle sera aussi ma veuve.

Paris, 5 avenue Frochot, le 28 novembre 1870.

Recueil de notes

Je vais continuer à coucher sur le papier certaines choses que j'ai vues. Je ne les publierai pas de mon vivant, mes fils en feront ce qu'ils voudront.

Cette nuit aura lieu la trouée[113]. Toute la nuit, on a entendu le canon.

Ce matin, on me dit que la sortie en masse a marqué un temps d'arrêt. Le pont jeté par le général Ducrot sur la Marne a été emporté. Les Prussiens avaient rompu les digues.

Le 30 novembre, la bataille continue. Hier, à minuit, en revenant du pavillon de Rohan par la rue de Richelieu, j'ai vu, un peu au-delà de la Bibliothèque, la rue étant partout déserte, fermée, noire et comme endormie, une fenêtre s'ouvrir au sixième étage d'une très haute maison et une très vive lumière, qui m'a semblé être une lampe à pétrole, apparaître, disparaître, rentrer et sortir à plusieurs reprises. Puis, la fenêtre s'est refermée, et la rue est redevenue ténébreuse. Était-ce un signal ?

[113] Bataille de Champigny.

On entend le canon tout autour. On me dit que l'on a engagé une triple attaque contre les Prussiens, Vinoy à Courbevoie, Ducrot sur la Marne, et Roncière à Saint-Denis. Leurs attaques sont couronnées de succès.

Le 1er décembre, la journée dit-on, sera décisive.

Le 2 décembre, la canonnade a recommencé ce matin. Toute la journée, elle a augmenté. Le soir, on me dit que l'armée de la Loire a repoussé les Prussiens du plateau d'Avron, c'est une victoire ! Nous allons pouvoir faire la jonction entre notre armée de Paris et celle de la Loire. Nous sommes le 2 décembre 1870, le 2 décembre 1851 est lavé.

Paris, 5 avenue Frochot, le 3 décembre 1870.

Recueil de notes

J'ai appris l'arrestation de Louise Michel. J'ai fait ce qu'il fallait pour la faire libérer. J'ai écrit au préfet de police. Elle est sortie ce matin. Elle est venue me voir pour me remercier. Je l'ai appelée Viro Major[114]. Elle m'a regardé surprise, a baissé la tête comme elle le fait quand elle est bouleversée. Je lui ai lu la première lettre qu'elle m'avait envoyée il y a plus de vingt ans, je l'avais gardée précieusement.

« Monsieur,

Je ne sais ce que je vous dirai, mais je suis au désespoir...ma grand-mère est dangereusement malade et je me trouve sans force...mes idées se brouillent, mais vous me pardonnerez et vous m'écrirez quelques lignes pour me donner du courage...ce sont peut être les derniers que vous recevrez de moi...je ne sais que devenir, tout me semble mort, écrivez-moi. »

Je lui ai répondu quelques jours plus tard, et nous avons continué à correspondre. Elle me disait souvent, si je ne vous écrivais pas, je ne pourrais pas supporter la vie. Elle

[114] « Plus grand que l'homme », il en fit un poème en décembre 1871.

signe maintenant souvent ses œuvres, sous le nom d'Eljoras, le personnage fictif que j'ai créé dans les « Misérables ». Le chef du groupe révolutionnaire que fréquentent Marius et ses amis républicains pendant l'insurrection de juin 1832. Eljoras, celui que j'aurai voulu être en décembre 1851. Eljoras, celui qu'elle est, plus grande que l'homme.

Le 5 décembre, un grand corbillard noir est passé devant la rue, vide. Il allait chercher son chargement. Il était drapé de noir.

Paris, 5 avenue Frochot, le 9 décembre 1870.

Recueil de notes.

Ce jour, tout un bataillon de la garde s'est transporté devant ma demeure. Des délégués sont entrés chez moi et m'ont dit : « *La Garde nationale fait défense à Victor Hugo d'aller à l'ennemi. Tout le monde peut aller à l'ennemi, mais seul Victor Hugo peut faire ce qu'il fait.* ». J'avais eu le projet de sortir de Paris avec la batterie d'artillerie de la Garde nationale dont mes fils font partie, pour donner suite à ce que j'avais écrit dans la « Lettre aux Allemands : « Moi, vieillard, je serai avec le peuple qui meure et je les plaignais d'être avec le roi qui tue ».

« Fais défense », que des mots touchants et charmants.

Le 11 décembre, Rostand est venu me voir. Il a été blessé à Créteil. Il a lutté contre un soldat allemand qui lui a percé le bras avec sa baïonnette. Il a répliqué avec la sienne dans son épaule. Tous les deux sont tombés dans le fossé. Ils se sont regardés, ont baissé leurs armes et ont discuté. Ils ont évoqué leurs familles, leur pays. Ils se sont aidés mutuellement. Ils sont devenus bons amis. Rostand a ramené son blessé à l'hôpital, il va le voir souvent. Ils ont voulu se tuer, maintenant, ils s'adorent. Ôtez les rois, les empereurs et les tyrans et vous aurez des peuples qui se comprennent.

Le 11 décembre, il y a maintenant dix-neuf ans, j'arrivais à Bruxelles. On m'a apporté une médaille frappée à l'occasion de mon retour en France. Elle porte les mots de la République d'un côté, de l'autre la mention de la patrie reconnaissante à Victor Hugo, septembre 1870. Mon exil est oublié avec ces mots, Liberté, Egalité, Fraternité.

Le 16 décembre, un journal me somme avec Louis Blanc d'entrer dans le gouvernement, en disant que c'est notre devoir. Je sens ce devoir au fin fond de ma conscience.

Victor Hugo et ses petits enfants.

Le 18 décembre, j'ai fait la lanterne magique à petit Georges et à petite Jeanne.

Hetzel m'a écrit que les imprimeries devraient fermer, faute de charbon pour faire mouvoir les presses à vapeur. Je l'ai autorisé à faire un nouveau tirage pour les Châtiments et Napoléon le Petit, la vente devrait suffire à poursuivre les impressions.

Le 21 décembre, durant la nuit, j'ai entendu le canon. Demain, cela sera la seconde bataille du Bourget. Espérons que cela ne se terminera pas comme la première.

Le 22 décembre, petite Jeanne commence à parler longtemps, mais l'on ne comprend pas un mot de ce qu'elle dit. On m'a envoyé des œufs, ils seront pour les petits. Louis Blanc est venu dîner. Il venait me dire que beaucoup de personnes demandent pour que lui et moi, nous allâmes trouver Trochu, afin de le mettre en demeure ou de sauver Paris ou de quitter le gouvernement. Je pensais que cela me poserait en maître de la situation, et, en même temps, entraverait un combat commencé qui peut-être réussira, Louis Blanc a été de mon avis, ainsi que Meurice, Vacquerie et mes fils qui dînaient avec nous.

Le 23 décembre, Henri Rochefort est venu dîner. Je ne l'avais pas vu depuis l'année dernière à Bruxelles. Le petit Georges ne reconnaissait plus son parrain. J'ai été très cordial. Je l'aime beaucoup. C'est un grand talent et un grand courage. Nous avons dîné gaiement, quoique tous très chagrinés de devoir aller dans des forteresses prussiennes si Paris était pris.

J'ai acheté aux magasins du Louvre une capote grise de soldat pour aller au rempart. 19 francs. Forte canonnade cette nuit. Tout se prépare pour une bataille.

Le 25 décembre, de nouveau une forte canonnade, toute la nuit. La Seine a charrié des blocs de glace.

Le 27 décembre, de nouveau, la canonnade, les Prussiens ont attaqué. L'attente les ennuie. Et nous aussi.

Le 29 décembre, Canonnade toute la nuit. L'attaque prussienne continue. Théophile Gautier a un cheval. Ce cheval est réquisitionné. On veut le manger. Gautier m'écrit et me prie d'obtenir sa grâce, il l'aime beaucoup. Je l'ai demandée au ministre. J'ai sauvé le cheval. Alexandre Dumas est mort. On le sait par les journaux allemands. Il est mort le 5 décembre, au Puys, près de Dieppe, chez son fils.

En feuilletant ce carnet, je vois que ce jour-là, j'ai écrit qu'un grand corbillard était passé devant moi rue Frochot. On me presse de plus en plus d'entrer dans le gouvernement. Je persiste à refuser. La canonnade augmente.

Le 30 décembre, à partir de la semaine prochaine, on ne blanchira plus le linge dans Paris, faute de charbon. Froid rigoureux. Depuis trois jours, je sors avec mon caban et mon capuchon. Poupée pour petite Jeanne. Hottée de joujoux pour Georges. Le premier obus est tombé dans Paris. Les Prussiens nous ont lancé aujourd'hui six mille bombes. Ce n'est même plus du cheval que nous mangeons. C'est peut-être du   chien ?   C'est peut-être du   rat ?   Je commence à avoir des maux d'estomac.

Le 1ᵉʳ janvier 1871, premier jour de l'année, stupeur et ébahissement de petit Georges et de Petite Jeanne devant la hotte de joujoux de leurs étrennes. La hotte déballée, une grande table en a été couverte. Ils touchaient à tous et ne savaient lequel prendre. Georges était presque furieux de bonheur. Charles a dit : C'est le désespoir de la joie !

J'ai faim. J'ai froid. Tant mieux. Je souffre ce que souffre le peuple. Les Prussiens bombardent Saint-Denis.

Paris, 5 avenue Frochot, le 2 janvier 1871.

Recueil de notes.

On a abattu l'éléphant du jardin des Plantes, on dit qu'il a pleuré. Les Prussiens continuent de nous bombarder.

Le 3 janvier, on me presse de nouveau de diriger le gouvernement, je refuse. Le froid est vif. Un immense bombardement se poursuit. De mardi à dimanche, les Prussiens nous ont envoyé vingt-cinq mille projectiles. Il a fallu pour les transporter deux cent vingt wagons. Chaque coup coûte 60 francs, me dit-on. Cela a coûté au total, 1 500 000 francs. Il y a eu une dizaine de tués. Chacun de nos morts coûte aux Prussiens 150 000 francs.

Le 5 janvier, le charbon manque et ma blanchisseuse m'a fait envoyer un mot : « si Monsieur Victor Hugo qui est si puissant, voulait demander au gouvernement un peu de charbon, je pourrais blanchir ses chemises ». Me promenant rue des Feuillantines, dans le quartier de mon enfance, un obus est tombé non loin de moi.

Le 6 janvier, j'ai offert des bonbons aux dames et aux petits. Les Parisiens vont, par curiosité, voir les quartiers bombardés. On va aux bombes comme on irait au feu d'artifice. Il faut des gardes nationaux pour maintenir la foule. Les Prussiens tirent sur les hôpitaux. Leurs obus ont mis le feu cette nuit aux baraquements du Luxembourg pleins de soldats blessés et de malades, qu'il a fallu transporter, nus et enveloppés comme on a pu, à la Charité.

Le 7 janvier, la rue des Feuillantines est percée par les bombes. Le jardin de mon enfance n'est plus. Je me souviens de notre installation avec mes parents en 1809, j'avais sept ans. C'était un vaste appartement au rez-de-chaussée. Il faisait partie d'un ancien couvent de religieuses. Nous avions notre jardin, immense. Des enfants venaient nous rejoindre, mes frères et moi, pour y jouer. Notamment ceux d'un ami de la famille, Pierre Foucher. Il y avait Adèle, sa fille, celle dont je tombais éperdument amoureux et que j'épouserai un jour d'octobre 1822. La guerre a détruit mon enfance.

J'ai fait une demande au maire de mon arrondissement : « Je me résigne à tout pour la défense de Paris, à mourir de faim et de froid, et même à ne pas changer de chemise. Pourtant je recommande ma blanchisseuse à Monsieur le Maire pour lui procurer du charbon, afin que, si je meurs, cela soit dans du linge propre ». Et j'ai signé, en envoyant l'argent. Le maire a accordé le charbon.

Le 8 janvier, de bonnes nouvelles nous parviennent. Rouen et Dijon sont repris, Garibaldi est vainqueur avec son armée à Nuits-Saint-Georges, et Faidherbe à Bapaume. Nous mangeons tous le même pain, quelle que soit notre condition, du pain noir et c'est bien. Les représentations et les lectures doivent cesser. Il n'y a plus de gaz pour l'éclairage des théâtres, et plus de charbon pour les chauffer. La guerre a tué l'art et la poésie. Un obus a transpercé la chapelle Saint-Sulpice où ma mère a été enterrée et où je me suis marié.

Le 10 janvier, le peintre Chifflart m'a envoyé un éclat d'obus tombé à Auteuil, qu'il a décoré d'un H, je m'en ferai un encrier, petite victoire des mots et de la littérature sur les armes des Prussiens.

Le 13 janvier, un œuf coûte 2 francs 75 centimes, un sac d'oignons 800 francs.la viande d'éléphant 40 francs la livre. La Société des gens de lettres m'a demandé d'assister à la remise de canons à l'Hôtel de Ville. Je me suis excusé. Je n'irai pas.

Le 17 janvier, le bombardement n'a pas cessé durant trois jours et trois nuits. Il y a un coq dans mon jardin. Hier Louis Blanc déjeunait avec nous. Le coq chanta, et Blanc s'arrêta et me dit d'écouter. Et bien, lui dis-je ? Il dit votre nom, mon ami, Victor Hugo ! Nous avons tous écouté de nouveau et nous avons ri, son chant ressemble à mon nom. Après le repas, j'ai émietté du pain noir aux poules, elles n'en ont pas voulu.

Le 21 janvier, Louis Blanc et d'autres sont venus me voir. La situation est extrême. On demande mon avis.

Le 22 janvier, après une manifestation importante à l'Hôtel de Ville, Trochu a démissionné. On dit que les bataillons bretons tirent sur la foule, j'ai dit que j'irai voir et j'ai vu, on a tiré des deux côtés, les mobiles bretons contre les fédérés parisiens. J'ai dit aux combattants que je ne reconnais pour Français que ceux qui ont les fusils qui tirent du côté des Prussiens. Cela a ramené un peu de calme, mais pour combien de temps ?

Le 23 janvier, conférence chez moi, on m'a apporté des programmes de partis auquel je n'adhère pas. Je crois comprendre pourquoi les troupes de Chanzy et de Bourbaki de l'armée de la Loire ne marchent pas sur Paris, je n'ai pas de preuve, mais je crois entrevoir le secret.

Le 25 janvier, on est venu voir mes fils au journal, ce matin pour leur annoncer que la capitulation est imminente. Les nouvelles du dehors sont affreuses, Chanzy battu, Faidherbe battu, Bourbaki refoulé.

Le 27 janvier, on est encore venu me demander de me mettre à la tête d'une manifestation contre l'Hôtel de Ville. J'ai refusé. Toutes sortes de bruits courent. J'ai invité tout le monde au calme et à l'union.

Le 28 janvier, les pourparlers se poursuivent entre Favre et Bismarck. Charles me dit que Jules Simon et ses deux fils ont passé la nuit à dresser des listes de candidats possibles pour la future Assemblée nationale.

Le 29 janvier, l'armistice a été signé hier. C'est le mot que l'on emploie, mais il s'agit d'une capitulation. J'ai percé le secret des sorties se transformant en défaite, Trochu ne voulait pas gagner contre les Prussiens, il voulait gagner contre le temps pour faire signer cette reddition. Les élections pour l'Assemblée nationale auront lieu du 5 au 18 février. La séance d'ouverture se tiendra à Bordeaux. Il n'y a plus de ballons, la poste a repris, mais pour les lettres non cachetées. Il neige, il gèle sur Paris. Il fait nuit.

Paris, 5 avenue Frochot, le 12 février 1871.

– Nous sommes prêts pour le départ. Après-demain au plus tard, nous serons à Bordeaux. Je t'écrirai mon cher Paul Meurice, dès notre arrivée.

– Les vivres, le pain blanc, le poisson et le beurre sont de retour, Victor. Nous mangeons à notre faim, enfin presque, mais c'est indigeste cet armistice. Il se dit que Bourbaki, battu, s'est tué.

– Je l'ai appris, mais l'on dit que la balle a dévié. Il est sauf. Il se dit aussi que la capitulation signée, Bismarck a dit à ses secrétaires, « la France est morte ». Essayons de la ressusciter !

– Avec Louis Blanc, Garibaldi, Gambetta et toi à l'assemblée, vous ferez entendre votre voix.

– Mon ami, les résultats sont sans appel. Une alliance entre les royalistes orléanistes et les royalistes légitimistes donnerait une majorité des deux tiers. Avec cette entente, un projet de restauration de la monarchie sera tenté.

– Avec qui, sur le trône ?

– Le comte de Chambord, dit-on ! Le petit-fils de Charles X, le dernier représentant de la branche aînée des Bourbons, il était déjà prétendant à la couronne de France en 1844. La révolution de 1848 a empêché cette infamie.

– Avec qui pars-tu ?

– Mes fils, ma belle-fille Alice, les enfants et Louis Blanc qui se joint à nous. Je vais emporter dans ma besace, divers manuscrits que je vais terminer, dont « Paris assiégé[115]». Je quitterai avec regret la douce hospitalité que tu m'offrais depuis le 5 septembre.

Je vais te lire quelques vers que je viens de composer sur notre général Trochu.

« Participe passé du verbe Tropchoir, homme

De toutes les vertus sans nombre dont la somme

Est zéro, soldat brave, honnête, pieux, nul,

Bon canon, mais ayant un peu trop de recul,

Preux et chrétien, tenant cette double promesse,

Capable de servir son pays et la messe

L'amère histoire un jour dira ceci de toi :

La France, grâce à lui, ne battit que d'une aile.

Dans ces grands jours, pendant l'angoisse solennelle,

Ce fier pays, saignant, blessé, jamais déchu,

Marcha par Gambetta, mais boita par Trochu.».[116]

---

[115] Cela deviendra « L'année terrible » publié en 1872.
[116] Vers tirés du livre « L'année terrible »

Bordeaux, 37 rue de la Course, le 18 février 1871.

– À Paul Meurice,

Cher Meurice, avec ces premières minutes de repos, ces mots sont pour vous, pour Madame Meurice et pour Auguste Vacquerie. Comme vous me manquez ! Après vous avoir quitté sur la gare, nous sommes entrés dans le wagon-salon pour attendre le départ. Vous avez vu que la foule qui se trouvait près du train m'a reconnue et a crié, « Vive Victor Hugo », j'ai répondu « Vive la France ». Un militaire prussien s'est approché de moi et m'a crié quelque chose en Allemand que je n'ai pas compris, alors j'ai crié encore plus fort que lui « Vive la France », et la foule a repris de plus belle, « Vive la France ». Le bonhomme à moustache blanche en colère est parti.

Le voyage fut rude, lent et pénible. On voit, on ressent la misère de cette France dans le délabrement des chemins de fer. Nous sommes arrivés le 14 février et nous nous sommes mis en quête d'un logement, les hôtels sont pleins. On nous a indiqué un appartement meublé où Charles et sa famille vont pouvoir loger, rue Saint-Maur. Pour nous avec Blanc, nous avons trouvé deux chambres, chez le frère du propriétaire, rue de la Course. Ici, la situation est épouvantable. L'assemblée est dans la même proportion que la chambre introuvable de Louis XVIII[117]. Nous sommes 50 républicains contre 650 réactionnaires de tous bords. C'est 1815, combiné à 1851. Les soi-disant républicains modères avec Thiers à leur tête ne veulent que la paix avec la Prusse et l'ordre avec l'autorité pour la France. Ce qui laisse envisager une volonté de soumettre Paris la rebelle. Ils sont donc alliés de circonstance avec les monarchistes. Ils ont refusé d'écouter Garibaldi qui a quitté l'assemblée. Nous pensons avec Louis Blanc et d'autres que nous finirons par faire la même chose. Une démission en masse de la gauche serait motivée par les coups bas de cette majorité et permettrait peut-être de la déconsidérer. Pas de journaux favorables ici à nos idées, aucun point d'appui pour les répandre. Vous savez sans doute que le lendemain de mon arrivée, une foule immense m'a fait une ovation sur la Grande-Place, eh bien le lendemain, l'assemblée a fait garder celle-ci par les militaires, infanterie, artillerie et cavalerie. J'avais crié, « Vive la République », le peuple avait repris ces mots. Ils ont fait comme les Prussiens à Paris, mais avec une différence, ceux-ci n'ont pas occupé la gare d'Orléans[118] par des canons. La majorité s'est déclarée

[117] En août 1815, les élections de la chambre des députés de région donnent une majorité écrasante aux royalistes, d'où l'expression de Louis XVIII, qui exprime l'idée qu'il n'aurait pu en rêver une plus favorable à son pouvoir.
[118] Devenu la gare d'Austerlitz.

insultée et menacée. Insultée par qui ? La république !
Menacée par qui ? La liberté ! Ils sont effrayés, cela est
vrai, par l'égalité. Ils voudront à tout prix la paix, une paix
honteuse après un armistice déshonorant, et ne voudront
entendre personne de la gauche, de peur que nous fassions
savoir notre refus de cet infâme traité en préparation.

Bordeaux, 37 rue de la Course, le 27 février 1871.

– À Paul Meurice,

quelques mots pour vous et je vous envoie mon discours à l'assemblée que vous pourrez faire paraître dans le journal. Lors de ma prise de parole et de façon improvisée, j'ai déclaré que le traité signé[119] n'est pas seulement honteux pour la France, il est aussi infâme pour la Prusse, qui, en abusant ainsi d'une victoire obtenue par les plus vils moyens, se déshonorait aux yeux du monde et de l'histoire. Je vous joins le discours de Louis Blanc, la droite nous hait fermement. Je me crois revenir dans cette assemblée de mai 1849, où le parti de l'ordre était uni, dans son désir de briser les « socialistes », d'interdire la presse libre et de restreindre fortement les libertés. Nous savons où cela à conduit, au coup d'État du 2 décembre. Je crains le pire, car la gauche comme alors, est en miette, divisée et incapable de se mettre d'accord pour une démission en masse. Je crois que ma démission de l'assemblée sera donc isolée.

[119] Le traité préliminaire de paix de Versailles signé le 26 février met fin à la résistance des armées françaises qui se battaient encore dans le Nord et l'Est de la France. Le traité définitif de Francfort sera signé le 10 mai 1871.

Bordeaux, 37 rue de la Course, le 8 mars 1871.

– À Paul Meurice,

Charles est assez gravement malade depuis quelques jours.

C'est fait, je viens de donner ma démission, la ville bruisse de rumeurs. Ce qui m'a décidé c'est qu'ils ont voulu, les infâmes, annuler l'élection de Garibaldi au motif qu'il n'était pas Français. Au moment où ils ont voulu mettre au vote l'annulation, j'ai pris la parole.

« Garibaldi est le seul des généraux français engagés dans cette guerre qui n'ait pas été vaincu (là-dessus, épouvantable tempête et cris). J'ai dit : je demande la validation de l'élection de Garibaldi, (cris plus effroyables encore. Nous voulons que le président rappelle M Victor Hugo à l'ordre !»

Un tumulte furieux s'en est suivi.

« J'ai fait de la main un geste, (on s'est tu). J'ai dit : je vais vous satisfaire. Je vais même aller plus loin que vous (profond silence). Il y a trois semaines vous avez refusé d'entendre Garibaldi. Aujourd'hui vous refusez de m'entendre, cela me suffit. Je donne ma démission ».

L'effet a été immense. Ils sont consternés.

Bordeaux, 37 rue de la Course, le 13 mars 1871.

– À Paul Meurice,

Je t'écris, mais tu dois faire lire ma lettre à tous. Vous me manquez. Je vais rejoindre mes amis de Bordeaux au restaurant, je leur donne un dîner d'adieu. Nous quitterons cette ville rapidement et nous serons de retour à Paris après des vacances à Arcachon avec toute la famille. Charles doit nous rejoindre, il va un peu mieux. Victor part ce jour pour Paris vous rejoindre. Je reprendrai cette lettre après le dîner.

« Mes amis, chers amis, je n'y vois pas, j'écris à travers mes larmes. J'entends les sanglots d'Alice, Charles est mort hier soir à sept heures dans le fiacre qu'il avait pris pour nous rejoindre au restaurant. Je voulais donner un repas d'adieu à quelques amis avant de quitter la ville. Il était seul dans la voiture. Arrivé au café, le cocher ouvre la portière, et trouve Charles mort. Il avait eu une congestion foudroyante suivie d'hémorragie. On nous a rapporté ce pauvre cadavre que j'ai couvert de baisers. Depuis quelques semaines, Charles était souffrant. Sa bronchite, gagnée à faire son service d'artilleur au siège de Paris, s'était aggravée. Nous comptions aller à Arcachon pour le remettre. Il aurait bu de l'eau de pin. Nous nous faisions une joie de passer là en famille une ou deux semaines. Tout cela est évanoui. Ce grand Charles, si bon, si doux, d'un si haut esprit, d'un si puissant talent, le voilà parti. Hélas ! Je suis accablé. »

Charles Hugo.

Bordeaux, 37 rue de la Course, le 13 mars 1871.

Recueil de notes.

Le jouer se lève, il faut que je dorme un peu.

Cette nuit, je ne dormais pas. Je repensai à tous les 13 du mois de ma vie, accumulé et mêlé. Un moment, j'ai entendu tout près de moi, des coups de marteau sur une planche. Je les ai entendus deux fois.

Nous avons déjeuné chez Charles avec Louis Blanc et Victor. Ils prennent le train ce soir pour Paris. J'ai transmis des invitations à des amis pour le dîner de ce soir, je voudrais leur serrer la main avant notre départ.

À six heures trente, je suis allé au restaurant Lanta avec Alice. Charles doit nous rejoindre, il se fait attendre.

Le garçon qui me sert au restaurant est venu me voir, en disant qu'on me demandait. Je me suis levé et j'ai trouvé dans l'antichambre Monsieur Porte qui loue l'appartement de la rue Saint-Maur à Charles. Il a vu Alice qui me suivait et m'a demandé de l'éloigner. Il m'a demandé d'avoir de la force et m'a dit que...Charles...est mort.

Je me suis appuyé au mur. Il m'a dit que Charles avait pris un fiacre pour venir nous rejoindre. Il avait donné l'ordre au cocher d'aller en premier au café de Bordeaux.

Arrivé là, celui-ci est descendu, a ouvert la portière et a trouvé Charles mort. Il semble qu'un vaisseau s'est rompu. Il était baigné de sang, cela sortait par la bouche et le nez. Un médecin appelé a constaté la mort. Je n'ai rien dit à Alice de suite, j'ai couru rue Saint-Maur, on apportait le corps de Charles, il était bien mort.

J'ai été cherché Alice, les deux petits enfants dorment dans la pièce à côté.

Le matin même, j'écrivais dans ce carnet que j'entendais des coups de marteau...je comprends maintenant leur signification.

Bordeaux, rue Saint-Maur, le 14 mars 1871.

Recueil de notes.

Charles est déposé dans le salon du rez-de-chaussée. Il est couché sur un drap sur lequel on a semé des fleurs. Des voisins ouvriers ont demandé de passer la nuit près de lui, ils nous aiment. J'ai envoyé à Meurice, une dépêche télégraphique, pour annoncer cette mort affreuse et pour que Victor revienne immédiatement. Je lui enverrais une lettre un peu plus tard. On m'aide dans tous ces préparatifs pour rejoindre Paris avec le corps de mon fils. En fin d'après midi, on a mis Charles dans le cercueil. On a mis les écrous, le corps part pour l'éternité, mais l'âme reste et si je ne croyais pas à l'âme, je ne vivrais pas une heure de plus.

J'ai consolé Alice, j'ai pleuré avec elle. Je lui ai dit Tu pour la première fois.

Le 15 mars, deux nuits que je ne dormais pas, cette nuit, j'ai dormi un peu.

Le 16 mars, je suis accablé. Alice s'est évanouie de douleur. En se réveillant, elle réclamait Charles. Nous avons décidé qu'il reposerait dans le tombeau de mon père au

Père-Lachaise, dans la place que je mettais réserver. Je viens de recevoir une lettre de Meurice et de Vacquerie. Victor est arrivé, nous pleurons. J'écris une lettre à mes amis pour leur dire ce qui s'est passé et leur que nous partons demain. Nous serons à paris le surlendemain, le 18.

Le 18 mars, à la gare, on nous reçoit dans un salon. Il y a une foule immense qui nous attend. À midi, nous partons pour le Père-Lachaise. Je suis derrière le corbillard, tête nue. Victor est près de moi. Tous nos amis nous suivent. La foule crie à notre passage, « chapeaux bas ! ». Près de la Bastille, il se fait autour du corbillard une garde d'honneur spontanée de Gardes nationaux, le fusil abaissé. Sur tout le parcours, jusqu'au cimetière, des bataillons de la Garde présentent les armes, les tambours battent. Le peuple reste silencieux à notre passage puis crie « Vive la République ! ». Partout je vois des barricades qui nous font faire de longs détours[120]. Au cimetière, une foule immense attend. J'ai serré beaucoup de mains. On a descendu le cercueil dans le tombeau de mon père que je n'avais pas vu depuis l'exil. Je ne pensais pas le revoir dans ces circonstances. Charles sera avec mon père, ma mère et mon frère Eugène. Puis je m'en suis allé. La foule m'entourait.

[120] Le 18 mars est le début de l'insurrection de la Commune de Paris.

Le 21 mars, nous partirons pour Bruxelles demain soir, dans notre maison de la rue des Barricades.

Bruxelles, Rue des Barricades, le 25 mars 1871.

– Les choses s'aggravent à Paris, père.

– Oui, Victor, la situation est grave, surtout à cause des Prussiens et de Thiers. Eux tiennent la ville sous leurs canons et lui en voulant reprendre les canons de Belleville. Il a mis le feu aux poudres. Il a voulu être fin, il fallait être profond. Cet homme est l'étourderie préméditée. Il a voulu éteindre la lutte politique, il a allumé la guerre sociale et qui deviendra une guerre civile.

– As-tu su pour Clément Thomas ?

– Oui, il a été tué par une espèce de tribunal à Montmartre. Il avait été proscrit lors du coup d'État du 2 décembre et était revenu en France comme moi, le 5 septembre 1870. Il est venu me voir à Bruxelles en février 1852. J'étais logé en compagnie de Charles au 16 de la Grand-Place. Il avait mon âge, nous avons causé longtemps. C'était un républicain convaincu et sincère, mais de l'école étroite et formaliste. Il avait pris Charles en grande amitié, tous deux sont morts[121].

[121] Contrairement à une légende, ce ne fut pas un tribunal, mais par la foule que fut tué le 18 mars Clément Thomas, général de la Garde nationale. Ami et compagnon d'exil, cela explique la désapprobation immédiate de Victor Hugo sur le mouvement de la Commune.

Bruxelles, Rue des Barricades, le 26 mars 1871.

–À mes amis Paul Meurice, Auguste Vacquerie.

J'ai enfin un moment pour vous écrire. Je suis en train de régler les affaires de succession.

Mais je ne veux pas vous accabler de celles-ci. Nous avons, ici à Bruxelles, que des nouvelles éparses de ce qui se passe à Paris. Envoyez-moi le journal, je n'en reçois aucun. On dit la capitale calmée. Il faudrait une situation intermédiaire. Qu'en pensez-vous ? Des fautes ont été commises des deux côtés. Du côté de l'assemblée, ces fautes sont des crimes ! Comment la gauche a-t-elle laissé faire l'adoption de ce projet de loi qui rétablit sur leurs sièges ces juges infâmes de l'Empire. Et en tout premier, Adrien Devienne, premier président de la cour impériale de Napoléon le Petit. Ce président du sénat, en fuite au moment de la proclamation de la République, destitué en janvier et exilé, et dont la destitution vient d'être cassée. Il redeviendra de fait le premier président de la Cour de cassation. Mes amis, quand les milliards de la Prusse seront payés et la France libérée de leur emprise, je compte bien réclamer des comptes à cette assemblée qui a aussi suspendu la solde de la Garde nationale, voilà pourquoi elle s'est révoltée, et rétablit le paiement des loyers impayés des

Parisiens, voilà pourquoi ils se sont soulevés. Quant à la commune, je pense qu'elle a été une chose admirable, mais qu'elle a été souillée et compromise par quelques meneurs déplorables.

Voici une chose que j'ai écrite, on dit qu'elle peut être utile et que vous pouvez la publier si cela vous convient. « Pas de représailles », me semble le titre qui convient à cette poésie. Elle fera partie du livre que je publierai bientôt, « Paris combattant » ou « Paris héroïque », je ne sais. On y parlera de la guerre avec l'étranger qui fut le résultat de la politique criminelle d'un homme, et de la guerre civile qui sera la conséquence des décisions criminelles d'une assemblée.

« Je ne fais point fléchir les mots auxquels je crois ;

Raison, progrès, honneur, loyauté, devoirs, droits.

On ne va point au vrai par une route oblique.

Sois juste ; c'est ainsi qu'on sert la république ;

Le devoir envers elle est l'équité pour tous ;

Pas de colère ; et nul n'est juste s'il n'est doux.

La Révolution est une souveraine ;

Le peuple est un lutteur prodigieux qui traîne

Le passé vers le gouffre et l'y pousse du pied ».[122]

[122] « L'année terrible ».

Bruxelles, rue des Barricades, le 3 avril 1871.

Recueil de notes.

Je ne reçois plus de lettres de Paris, la poste n'est plus distribuée. La crise est grave.

Le 4 avril, chose poignante, immonde et imbécile, on se bat entre Français. La guerre a éclaté entre Paris et Versailles où cette funeste assemblée a élu domicile. Versailles, tout un symbole, ce n'est plus de l'huile que l'on jette sur le feu, c'est de la poudre. Dans le lieu même où les Prussiens avaient établi leur quartier général, dans le lieu même où l'Empire d'Allemagne a été proclamé sur les cendres de notre pays. Ils ont voulu inverser le cours de l'Histoire du 14 juillet 1789 et du 6 octobre 1789. On n'inverse pas la République, on peut la détruire, mais même si son cadavre est à terre, l'idée est debout.

J'ai appris que Flourens a été tué sous les murs de Paris[123]. La première fois que j'ai la connaissance de cet exilé comme moi du 2 décembre, c'était au pavillon Rohan,

[123] Partisan d'une offensive de Paris contre Versailles qui tourne au désastre, il est tué l'avril 1871 à Rueil, alors qu'il était désarmé, par un capitaine de gendarmerie

nous avions dîné avec Ernest Lefèvre. Très brave et un peu fou, je le regrette, c'était le chevalier rouge.

Le 5 avril, Ernest Lefèvre est à la porte. Il vient de Paris, il a démissionné de la Commune et s'est hâté de quitter Paris. Démissionnaire un jour, fusillé le lendemain, me dit-il. Il me dit que cette Commune devient folle. On délibère sans cesse. Pyat fait voter des résolutions violentes, c'est le mauvais génie de ce mouvement, et il est souvent suivi. Le préfet de police, un dénommé Raoul Rigaud admire Marat, mais le trouvait un peu mou. Lui, on le dénomme le « petit Marat », cela veut dire beaucoup. Je pense maintenant que cette commune est presque aussi folle que cette assemblée. Des deux côtés, on trouve cette folie, mais j'ai confiance, la France, Paris, la République s'en tireront, mais après combien de drames ?

Le 15 avril, ce matin j'ai fait ce poème.
« Quand finira ceci ? Quoi ! Ne sentent-ils pas
Que ce grand pays croule à chacun de leurs pas !
Châtier qui ? Paris ? Paris veut être libre.
Ici le monde, et là Paris ; c'est l'équilibre.
Et Paris est l'abîme où couve l'avenir.
Pas plus que l'Océan on ne peut le punir,

Car dans sa profondeur et sous sa transparence

On voit l'immense Europe ayant pour cœur la France.

Combattants ! Combattants ! Qu'est-ce que vous voulez ?

Vous êtes comme un feu qui dévore les blés,

Et vous tuez l'honneur, la raison, l'espérance !

Quoi ! D'un côté la France et de l'autre la France ! ».

Bruxelles, rue des Barricades, le 3 avril 1871.

Recueil de notes.

Alfred Asseline, le cousin d'Adèle est de retour à Bruxelles. Il s'y était réfugié en décembre 1851, maintenant c'est en avril 1871, vingt ans d'écart, mais toujours avec la même difficulté. Cette fois-ci, il s'est caché dans le compartiment des dépêches et a pu fuir la capitale.

Le 17 avril, les gens de Versailles ont fait arrêter Lockroy, député de la gauche dans cette funeste assemblée et qui, lui aussi, avait démissionné de celle-ci. Il a été, me dit-on, arrêté à Vanves, et emprisonné.

Le 20 avril, Ulbach a été arrêté à Paris. Comment la Commune a-t-elle pu faire arrêter ce journaliste ?

Le 23 avril, après Lockroy, Ulbach, c'est Pierre Véron, journaliste et romancier, qui est en exil à Bruxelles, cela caractérise la situation, dramatique.

Le 24 avril, des nouvelles des séances de la Commune par le journal qui me parvient enfin. Félix Pyat a donné sa démission à cause de la suppression de certains journaux. Delescluze a déclaré qu'il ne quittera pas la Commune et qu'il se fera tuer. Cela va arriver, le dénouement est proche.

Le 30 avril, j'ai donné des leçons d'écriture et de lecture à petit Georges. On annonce qu'on a retrouvé le ballon *Victor Hugo* qui était parti de Paris en octobre 1870 et était allé s'abattre en Belgique.

Le 2 mai, c'est la seconde fois qu'en pleine nuit, au clair de lune, j'entends un rossignol chanter dans les arbres de la rue des Barricades. Est-ce une de mes chères âmes ? Au même moment, j'ai entendu la petite Jeanne dire *Papa*.

Le 12 mai, Paul Foucher, mon ami a failli être arrêté sur ordre de la Commune. Il s'est échappé. Ernest Lefèvre me prévient qu'un ordre d'extradition pour tous les membres de la Commune est déjà signé par Thiers, Il se voit déjà le maître de Paris.

Bruxelles, rue des Barricades, le 5 mai 1871.

– À Paul Meurice,

cher ami, lisez ceci et prenez la décision avec Auguste de le publier ou pas. Ces vers seront dans *Paris Combattant*.

J'ai appris la décision de la Commune d'abattre la colonne Vendôme ce jour du 5 mai, le jour anniversaire de la mort de Napoléon. Ces vers auront dans le recueil, tout l'effet colorant de l'œuvre complète. Je ne me sens pas utile à pouvoir faire quoi que ce soit pour inverser le cours de cette guerre civile, en dehors d'écrire, sinon, il va sans dire que je serai avec vous à Paris. Ah, la Commune, quelle belle chose aurait pu être face à cette odieuse assemblée.

« Écoutez, c'est la pioche ! Écoutez, c'est la bombe !
Qui donc fait bombarder ? Qui donc fait démolir ?
Vous ?
Soit. De ces deux pouvoirs, dont la colère croît,
L'un a pour lui la loi, l'autre a pour lui le droit ;
Versailles a la paroisse et Paris la commune ;
Mais sur eux, au-dessus de tous, la France est une ;
Mais c'est la France ! Quoi, Français, nous renversons
Ce qui reste debout sur les noirs horizons !
La grande France est là ! Qu'importe Bonaparte !
Est-ce qu'on voit un roi quand on regarde Sparte ?
Otez Napoléon, le peuple reparaît.
Abattez l'arbre, mais respectez la forêt ».

Bruxelles, rue des Barricades, le 5 mai 1871.

Recueil de notes.

Le 23 mai, l'armée de Versailles est entrée dans Paris.

Le 24 mai, le bruit court que le Louvre et les Tuileries sont en feu. Rochefort a été arrêté à Meaux, emmené à Versailles et livré aux huées de la foule, c'est indigne.

Le 25 mai, ils ont mis le feu à Paris, c'est monstrueux, on envoie des pompiers de Belgique, Ceux de Bruxelles viennent de partir. J'ai écrit ma protestation contre le déni du droit d'asile et la décision du gouvernement belge d'accepter les extraditions des vaincus de la Commune. C'est indigne de ce pays. Elle sera publiée demain dans les journaux. Je dis que le gouvernement belge a tort de refuser l'asile aux vaincus de la Commune, C'est un vieux droit, le droit sacré des malheureux comme au Moyen Âge où l'Église accordait celui-ci. Et si le gouvernement belge refuse ce droit, moi je l'offre. Où ? Ici à Bruxelles, dans ma maison

Le 27 mai, parution de ma protestation, La polémique enfle. La foule vient me menacer sous mes fenêtres. Les petits ont peur.

Le 28 mai, j'apprends que le ministre belge de la Justice vient de demander au roi mon expulsion.

Le 29 mai, l'incendie de Paris diminue. Beaucoup de lettres et de visites pour me remercier de ma protestation pour le droit d'asile. Je devrais quitter ce pays pour le 1er juin. Je partirai pour le Luxembourg.

Le 1er juin, nous sommes partis de Bruxelles à 12h 35.

Luxembourg, commune de Vianden, le 8 juin 1871.

Recueil de notes.

Depuis mon arrivée dans le duché et maintenant mon installation dans ce bourg que j'aime, situé sur la vallée de l'Our et près de la frontière avec l'Allemagne, je me sens mieux.

Dessin de Victor Hugo de sa demeure à Vianden.

J'ai appris...Cournet fusillé, Razoua fusillé, Delescluze tué, Millière fusillé, Ranc prisonnier, Malon prisonnier, Édouard Lockroy prisonnier, tous faisaient partie de la réunion de la gauche que je présidais, à Bordeaux. Il y a trois mois de cela. Funeste assemblée, tu seras maudite pour l'Histoire. Le mot Versailles te sera associé, elle ne signifiera plus seulement la grandeur de Louis XIV.

J'ai appris...Mourot, prisonnier avec Rochefort, était un des deux seuls amis qui m'accompagnaient au transfert du cercueil de Charles. L'autre était M. Alexis Bouvier. Dans la longue allée de peupliers du cimetière, sous la pluie, nous étions tête nue tous les trois, derrière le corbillard. Bouvier était à ma droite, Mourot à ma gauche.

J'ai appris...Miot et Gambon que j'avais invités à dîner chez moi tous les jours en octobre 1869 fusillés, Longuet fusillé, Cluseret fusillé. Il était venu me voir au début septembre de l'année dernière, un ou deux jours après mon arrivée à Paris. Il m'avait souvent écrit lors de mon exil. Je ne l'avais jamais vu. Je l'avais reçu dans le cabinet de Paul Meurice. C'était un homme d'assez haute taille, à la figure ronde et pleine, aux yeux hardis et indécis, la moustache, l'allure militaire, l'air respectueux. Il m'avait dit que le gouvernement de Trochu, de Jules Favre, et des autres trahissait et livrerait Paris aux Prussiens. Il m'avait dit : « Vous Victor Hugo, nommez-moi général. Votre signature me suffit. Je lèverai un corps franc de cinquante mille hommes et je chasserai les Prussiens ». Paul Meurice lui répondit que je ne voulais pas ni ne pouvais faire un acte contre le gouvernement. Il salua et partit. Je ne l'ai plus revu. Il vient d'être fusillé.

Thiers avait dit : « Rien ne se fera que pour les lois, avec les lois, et par les lois ». Thiers, tu es comme Louis Bonaparte, tu t'es parjuré.

Luxembourg, commune de Vianden, le 19 juin 1871.

– À Paul Meurice.

Votre lettre et votre liberté[124]. Nous avons tous été éblouis de joie. Venez, venez vite. Nous pouvons tous nous retrouver dans ce Vianden où à chaque pas, je pense à vous. Quel bonheur cela serait de vous revoir. J'ai beaucoup travaillé, mon livre s'est agrandi. « *Paris combattant* » ne suffit plus, cela deviendra « *L'année terrible* ». Il finira par la catastrophe actuelle.

J'ai bien fait de protester. J'ai arrêté net la reculade du gouvernement belge, il admet maintenant les vaincus. Il m'a expulsé, mais il m'a obéi. Que de choses à vous dire.

Venez ! Arrivez !

---

[124] Il fut arrêté trois semaines après la victoire des versaillais et le journal interdit.

Luxembourg, commune de Vianden, le 10 août 1871.

– À Edouard Lockroy.

Cher confrère, Versailles vous a mis en prison, Paris vous met à l'hôtel de ville[125]. C'est bien.

Quand donc ces hommes de Versailles comprendront-ils que rien n'est aussi bête que de persécuter ? La persécution est de l'espèce écrevisse, elle va toujours du côté opposé à celui où elle veut aller. Et finalement, elle couronne ceux qu'elle veut décapiter.

Le conseil municipal de Paris a besoin d'hommes comme vous. Vous y représenterez l'art et le progrès. Vous serez secondé du reste, je le crois, par le préfet, M Léon Say, que je tiens pour un homme très distingué, intelligent et libéral. Vous trouverez en lui, je n'en doute pas, beaucoup d'appui pour tout ce qui peut rendre à Paris sa grande et haute splendeur. Le théâtre sera l'une de vos principales préoccupations, je n'en doute pas. J'entrevois que le théâtre français va redevenir un théâtre de coterie, ce que du reste il a toujours été depuis quarante ans. Le théâtre de la Porte-Saint-Martin est mort comme Jeanne D'Arc, non pas vierge, mais martyre. Renaîtra-t-il ? Le vaudeville existe. C'est un beau théâtre. Il pourrait rendre à l'art et à

[125] Sur la liste des républicains radicaux.

Paris de grands services, mais il faudrait qu'il fût bien dirigé. Je ne suis rien et je ne puis rien, mais vous, qui êtes l'esprit, le talent, le cœur et la volonté, puisque vous avez le mandat, vous aurez à coup sûr, l'influence. La république a des amis dans le conseil municipal de Paris. Ils seront, certes, avec vous. Rien qu'au point de vue littéraire, que de grandes choses pourraient faire les hommes chargés de cette immense tutelle municipale de Paris. Les peuples sont libres par la littérature autant que par la politique, pour preuve, Athènes. Faites de votre mieux, mon cher collègue d'autrefois, mon cher confrère de toujours.

Depuis quelques jours, beaucoup d'officiers prussiens en uniformes, sabre au côté et casque en tête, viennent à Vianden, stationnent sur le pont devant ma maison, et quand je parais à ma fenêtre, me saluent. Cela va m'empêcher de me mettre à la fenêtre et me faire quitter cette belle région.

Votre ami.

Paris, rue de la Rochefoucauld, le 10 octobre 1871.

Recueil de notes.

Je suis dans mon nouveau logement au milieu des caisses. Quand je suis rentré à Paris le mois dernier, une réaction hostile de la foule m'attendait. Il y a un an, une acclamation effrénée de la foule m'attendait. Qu'ai je fais ? Mon devoir ! Je vais dîner juste en face, rue Pigalle.

J'ai un peu erré dans Paris.

La maison de la rue de Clichy, numéro 3 ou 5, où j'ai été petit enfant vers 1806, a été démolie pour faire une place.

La maison des Feuillantines, où j'étais en 1810 et 1811, a été démolie pour faire une rue.

La maison de la rue Sainte-Marguerite au 42, la pension Cordier, où j'ai été élève en rhétorique et philosophie, de 1815 à 1817, a été démolie pour faire une rue.

La maison de la rue des Petits-Augustins au 18, où j'étais en 1818 et 1819, avec ma mère et mes frères, a été aussi détruite, pour faire une cour (la cour de l'École des Beaux-Arts).

La maison de la rue de Mézières, au 10, où ma mère est morte, a changé d'aspect et est méconnaissable.

La maison de la rue de Vaugirard, au 92, où Charles est né en 1826, a été démolie pour faire une place.

La maison de la place Royale, au 6, où j'ai habité seize ans, est défigurée. Le balcon s'est écroulé.

La maison de la rue de la Tour-d'Auvergne, au 37, où j'ai habité d'octobre 1848 à décembre 1851, a perdu sa belle vue sur Paris. Elle est masquée au sud par de hautes maisons neuves.

La chapelle de la Vierge, à Saint-Sulpice, où ma mère a été enterrée et où je me suis marié, a été trouée d'un obus prussien le 13 janvier 1871, et n'a pas été reconstruite.

Mon enfance, ma jeunesse, ma vie ne sont plus.

Paris, rue de la Rochefoucauld, le 16 décembre 1871.

Recueil de notes.

Enjolras, Louise Michel m'a écrit du fond de sa prison. Elle continue à m'appeler *poète*. Elle voulait que les lettres, qu'elle adresse aux juges, je puisse les dire au peuple dans un dernier cri du fin fond de sa prison, de sa douleur et de son martyre. Elle me dit que les crimes dont on accuse la Commune ne furent pas ceux de ses compagnons, mais ceux d'agents provocateurs et de traîtres. Elle a été traînée devant les tribunaux, mais sa voix a porté, alors on a voulu l'étouffer. Elle refusera l'amnistie si jamais il arrive. Elle veut la déportation pour ne plus rentrer dans le Paris qu'ils ont détruit et la France qu'ils ont défigurée.

« Oh, Viro Major,
Ceux qui, comme moi, te savent incapable
De tout ce qui n'est pas héroïsme et vertu,
Qui savent que si l'on te disait : " D'où viens-tu ? "
Tu répondrais : " Je viens de la nuit où l'on souffre ;
Oui, je sors du devoir dont vous faites un gouffre !
Ceux qui savent tes vers mystérieux et doux,
Tes jours, tes nuits, tes soins, tes pleurs donnés à tous,
Ton oubli de toi-même à secourir les autres,
Ta parole semblable aux flammes des apôtres ;
Ta bonté, ta fierté de femme populaire.
L'âpre attendrissement qui dors sous ta colère ».

Paris, rue de la Rochefoucauld, le 24 juin 1872.

– À Jules Simon.

Mon cher Jules Simon, c'est au ministre et au confrère que j'écris. Au confrère, car vous êtes un poète. Au ministre, car il s'agit d'une bonne action à faire au nom de l'État français. Théophile Gautier est un des hommes qui honorent notre pays et notre temps. Il est au premier rang comme poète, comme critique, comme artiste, comme écrivain. Sa renommée fait partie de la gloire française. Eh bien, à cette heure, Théophile Gautier lutte à la fois contre la maladie et contre la détresse[126]. Accablé des tortures d'une affection chronique inexorable, il est forcé, à travers la souffrance et presque l'agonie, de travailler pour vivre. J'en ai dit assez, n'est-ce pas, pour un cœur tel que le vôtre ? Théophile Gautier a une famille nombreuse qu'il soutient et pour laquelle il épuise ses dernières forces. Je vous demande, au nom de l'honneur littéraire de notre pays, de lui venir en aide avec cette promptitude qui double le bien qu'on fait, et d'attribuer à Théophile Gautier la plus forte indemnité annuelle dont vous puissiez disposer. Ce que vous ferez pour Théophile Gautier, vous le ferez pour nous tous. Et tous, d'avance, nous vous remercions.

[126] Il mourra le 23 octobre 1872.

– Ainsi, tu repars à Guernesey ?

– Oui mon ami Durty[127], je pars terminer mon livre, « Quatrevingt Treize ». J'y serai en paix, au calme, je pourrai écrire. Mais une fois fini, je reviendrai à Paris, je compte bien m'investir dans l'éducation du petit Georges et de la petite Jeanne.

– Comment va Juliette.

– Bien, elle s'occupe aussi beaucoup des petits et me demande tous les jours de leurs nouvelles.

– Tu es très investi dans leurs vies et leurs éducations.

– Oui, je découvre tous les jours, un nouvel art, celui d'être un grand-père. Je n'ai pas pu ou pas su passer autant de temps avec mes enfants quand ils étaient jeunes. Je découvre maintenant par-delà une autre génération qu'il est doux de suivre les vies des enfants. Je vais écrire sur le sujet, et j'appellerai le livre, « l'Art d'être grand-père »[128] ! Ah, quelle joie de les prendre par la main, et de leur faire découvrir le monde.

– On parle en ville de ta liaison avec Sarah Bernard.

– Je laisse le soin aux autres de parler de mes liaisons, mais sais-tu que maintenant à 70 ans que parler, c'est un

[127] Philippe Durty, critique d'art et journaliste au Rappel.
[128] Publié en 1877.

effort pour moi, le discours me fatigue. Mais faire l'amour...
trois fois !   Je suis allé dans sa loge, à l'Odéon récemment,
elle s'habillait, quelle beauté !

– On dit qu'elle fut la maîtresse de Louis-Napoléon !

– Je le sais, mais aussi de Gambetta, cela absout. Et
puis, que ne pardonne-t-on pas à cette voix d'or, son
interprétation de la reine de « Ruy Blas » est divine.

Guernesey, Hauteville House le 10 novembre 1872.

– À Charles Robelin[129].

Mon cher, mon vieux, mon excellent ami, j'ai appris vos embarras financiers. Je ne puis disposer en ce moment que d'une somme de 1434 francs, une traite sur Hetzel que je vous offre volontiers si elle peut vous aider dans vos paiements. C'est peu de chose, mais c'est tout ce que je peux vous offrir en ce moment. Prenez si cela peut vous servir. Je puis tout vous dire, à vous. Depuis deux ans, il m'est sorti 300 000 francs[130] rien qu'en dons pour la défense de Paris, les ambulances, les secours aux blessés, et pour l'aide aux vaincus de la Commune, les prisonniers, les familles des condamnés, les veuves et orphelins. J'ai tout engagé, même cette maison de Guernesey. Je compte me désengager de ce chaos financier en travaillant sur mon prochain roman, et c'est pour cela que je suis ici. Il me reste juste assez d'argent pour payer les rentes annuelles de mes enfants, 12 000 francs pour Victor, 12 000 pour Alice et les petits, 7 000 francs pour ma fille Adèle qui vient de rentrer en France et que j'ai placé chez le docteur Allix, un ami de la famille. Ne parlez pas de tout cela. Ce que je donne doit rester secret, mais je souris quand on me dit avare.

[129] Architecte et ami de Victor Hugo.
[130] Estimation à 1,5 millions d'euros.

Guernesey, Hauteville House le 9 janvier 1873.

Recueil de notes.

L'ex-Empereur est mort. Sur son tombeau, on pourra frapper deux dates. Le 2 décembre 1851, il a frappé la République, il s'est investi par la force. Le 2 septembre 1870, il a frappé la France, il s'est rendu aux Prussiens. Mais on ne tue pas la France, on ne tue pas la République. La France est ressuscitée, la République est ressuscitée.

Le 3 mars 1873, il y a deux ans que Charles a cessé de vivre et d'être visible par nous. Mais il ne nous a pas quitté, je le devine, il est là présent en permanence à nos côtés, à mes côtés.

Le 30 mars, des comités électoraux de Lyon m'ont écrit pour que je me porte candidat à un siège vacant de leur ville. Je leur ai répondu que je ne rentrerai à l'assemblée que pour demander l'amnistie pleine et entière des gens de la Commune. Cela sera rejeté en ce moment, ce qui pourrait compromettre la question pour l'avenir, autant m'abstenir de rentrer dans cette assemblée.

Le 4 avril, la droite a fini par forcer Jules Grévy à donner sa démission de la présidence de l'assemblée. Il était à mes côtés lors du coup d'État du 2 décembre. C'est un homme de cœur, de probité et de talent. Funeste assemblée.

Le 19 avril, beaucoup d'hommes que j'ai connus meurent, Dorian, Glatigny, a qui le tour ?

Le 17 mai, je suis allé voir la maison que j'ai décrite dans les travailleurs de la mer. Elle a toujours le même aspect, seule, sinistre, déserte et lugubre. J'étais là, pensif à regarder la mer quand, tout à coup, un nuage s'est abattu sur la mer. Un grand nuage blanc qui a traîné sur l'eau et l'a cachée. Au bout de quelques instants, ce nuage avait pris la forme du brouillard où j'ai fait couler le bateau du roman, la Durande. C'était exactement la haute muraille blanche semblable à une falaise mouvante, ayant une frontière en ligne droite sous laquelle les navires disparaissent. J'avais sous les yeux une page des « Travailleurs de la mer ». Telle est la politesse que m'a faite l'océan.

Le 25 mai, Thiers a démissionné. Il a dû penser qu'on allait le rappeler, mais c'est Mac-Mahon qui le remplace, le général en chef de la répression de Paris. Je vais lui écrire pour Rochefort et Louise Michel afin qu'ils ne soient pas déportés en Nouvelle-Calédonie. J'espère qu'il saura m'écouter.

Le 4 juin, Paul Meurice m'écrit pour dire que ma lettre a irrité Mac-Mahon, et qu'il pourrait, de réaction n'envoyer nos amis en déportation[131].

Le 28 juin, Ernest Lefèvre vient d'être arrêté, lui qui avait démissionné du conseil de la Commune et s'était réfugié à Bruxelles. Ils sont fous.

Le 5 juillet, notre ami médecin Émile Allix vient d'arriver, les nouvelles qu'il me donne de Victor sont rassurantes, sa maladie diminue.

Le 30 juillet, je quitte Guernesey ce matin je rentre à Paris. Il fait beau.

---

[131] Ils seront déportés le 8 août 1873. La répression s'accentue avec Mac-Mahon.

Paris, 55 rue Pigalle, le 4 octobre 1873.

Recueil de notes.

Victor a emménagé au 20 rue Drouot, il a l'air mieux[132].

Le 7 octobre, faisant suite à la nouvelle représentation de ma pièce « Marie Tudor », les journaux royalistes et dévots m'ont appelé *marquis de Sade*, et ont dit que c'était le plus grand scandale depuis « Justine ». Hier, quatre jeunes élégants qu'on appelle des gommeux[133], étaient dans une loge, l'un de mes amis les a entendus dire qu'il fallait me conduire en cour d'assises pour cette pièce. Triste époque, avec de tristes gens.

Le 29 octobre, dans la nuit, je me suis réveillé, il y avait une grande lueur au-dessus des toits du carrefour Pigalle. Ce matin, on m'a expliqué cette lueur, l'Odéon brûlait.

Le 31 octobre, mon petit Georges s'est fait gronder par sa mère pour avoir mangé un pot de confiture. Il est venu

[132] Il est atteint de tuberculose.
[133] Désigné les jeunes gens riches, désœuvrés et vaniteux.

me voir et m'a demandé la permission d'avoir mangé la confiture ce matin.

Le 11 novembre, le docteur est venu ce matin, il pense que Victor ne pourra pas voyager pour le midi avant janvier.

Le 13 novembre, on m'a rapporté les quelques et magnifiques mots d'un soldat à sa mère durant le siège de Paris par les Prussiens, « vous ne me reverrez pas simple soldat, je vais me couvrir de terre ou de gloire ».

Le docteur a déclaré que dans un mois, Victor marcherait et que dans trois mois, il serait guéri. Joie.

Le 20 décembre, Victor a de la fièvre, cela m'inquiète. Il est en somnolence depuis quelques jours.

Le 23 décembre, Victor s'affaiblit beaucoup.

Le 26 décembre, ce matin vendredi à midi, mon fils, mon bien-aimé Victor, nous a quittés. Il est mort.

Paris, 55 rue Pigalle, le 9 janvier 1874.

Recueil de notes.

Le 9 janvier, je vais ce matin à l'Académie. Je n'y suis pas retourné depuis le 1 er décembre 1851, la veille du coup d'État. Je suis arrivé à la porte, elle était fermée et gardée. Un des gardiens m'a dit qu'on ne passait pas, un autre a dit : « c'est Victor Hugo ». Je suis entré.

La séance commençait. Je me suis assis à la première place venue, la dernière chaise au bout de la table à droite. J'ai signé sur la feuille de présence. J'étais le dernier arrivé. Le directeur de l'académie a commencé un appel nominal Le président m'a aperçu et ne m'a pas reconnu ou n'a pas voulu me reconnaître. Il m'a enjambé, et il a dit le nom de mon voisin de droite. Alors on a crié que l'on m'avait oublié. Le président a dit : « pardon, je ne le voyais pas ». Il n'a pas voulu me reconnaître. On se fréquentait avant, mais on ne respecte pas toujours ce que l'on a admiré.

Le 30 mars, j'ai appris que Rochefort s'est évadé. Avec Jourde et Grousset. Ils sont à Sydney. Il a envoyé une dépêche directe à l'un de ses amis, et l'on est venu m'annoncer cette bonne nouvelle. Il demande de l'argent pour subvenir à ses besoins. Je propose à tous une souscription, chacun s'inscrivant pour une somme. Elle est interdite par la loi pour les condamnés et les évadés. Mais que dire d'une loi qui proscrit la fraternité, et qui punit la pitié ? Je dis qu'elle est mauvaise, qu'il faut la mépriser et la violer. J'attendrai le procès.

Le 29 avril, ce jour nous quittons le 55 rue Pigalle, pour le 21 de la rue de Clichy. Je reviens non loin de la maison de ma petite enfance. Ma mère avec mes frères et moi y étions installés en été 1809. J'ai fait mes premiers pas à l'école de la rue Mont-Blanc[134]. Puis nous sommes partis pour l'Espagne rejoindre mon père.

Le 13 mai, nous sommes allés au Père-Lachaise, les travaux dans le caveau familial sont terminés. On a descendu six cercueils, chacun porte une plaque de métal avec le nom, on ferra pareil pour moi, un jour. J'ai écrit ces mots pour qu'ils soient gravés au-dessus de celui de mon père :

GUERRE DE LA VENDÉE - CAMPAGNE DU RHIN - GUERRE D'ITALIE - GUERRE D'ESPAGNE.

[134] Maintenant rue de la Chaussée d'Antin.

CAMPAGNE DE FRANCE- SIÈGE DE THIONVILLE.
1792-1815.
Par lui Thionville resta française[135].

Le 6 juin, un inspecteur en charge du Père-Lachaise est venu. Il m'a dit être envoyé par le préfet qui a censuré l'épitaphe que j'ai faite. « Par lui, Thionville resta Française », il m'a dit que le préfet allait effacer cette ligne de peur qu'elle ne blesse l'Allemagne. J'ai répondu que j'envoyais au préfet mon mépris le plus profond. Mes amis veulent intervenir.

Le 10 juin, on est venu me voir, pour me dire le préfet n'insistait pas et que l'épitaphe resterait. Il s'appelle Ferdinand Duval, c'était l'officier d'ordonnance du général Ducrot durant la guerre, celui qui en décembre 1870, lors de la percée pour rejoindre l'armée de la Loire avait demandé une suspension d'arme aux Prussiens, alors que ceux-ci étaient bousculés et reculaient sur le front. Elle leur permit d'acheminer les renforts nécessaires pour résister et organiser une contre-offensive. Là aussi, on n'a pas voulu « blesser l'Allemagne ».

---

[135] Il défend la ville en 1814 lors de la campagne de France et résiste jusqu'à l'abdication de Napoléon en avril 1814.

Le 29 juin, Naquet est venu me voir et nous avons causé de la proclamation du président Mac-Mahon aux armées. Nous sommes tombés d'accord, elle contient une vague menace de coup d'État.

Paris, 21 Rue de Clichy, le 12 mars 1875.

Recueil de notes.

Mon livre « Quatrevingt Treize » est un succès, j'ai signé ce jour un nouveau bon à tirer, les cent mille exemplaires seront dépassés, mon éditeur me dit deux cents milles, est-ce possible ? Un ami, voulant me voir, a demandé à un sergent de ville de la rue, mon numéro de maison. Il a répondu : « Monsieur Hugo, je le vois quelquefois passer avec ses complices ».

Le 28 mars, on me demande, de toute part, de parler afin d'affirmer la République. Les lois constitutionnelles votées cette année instaurent la Troisième République et les élections partielles marquent à chaque fois la victoire des républicains, mais ce Mac-Mahon, le président, œuvre au retour d'un roi.

Le 30 mars, hier à l'enterrement de Quinet, une femme du peuple m'a crié : « Ne mourez pas ».

Le 13 mai, je passe beaucoup de temps à l'Académie.

Le 23 septembre, j'ai écrit ce matin mes dispositions testamentaires, notamment pour la publication des choses inédites que je laisserai après ma mort. Je désigne pour exécuter celles-ci, mes fils bien-aimés n'étant plus là, trois amis Paul Meurice, Auguste Vacquerie et Ernest Lefèvre.

Le 22 octobre, Ernest Thomas, le gendre de Monsieur Morin, qui fut le premier-maître d'école de mes deux fils vient de m'apporter les deux portraits de Charles et de Victor enfants, fait par leur mère en 1837. Elle les avait donnés à Morin. Il m'a offert ces portraits si précieux pour moi. Leur maître d'école Morin est mort.

Le 23 octobre, je reçois pour la tombe de mes enfants, une couronne de fleurs, envoyée par une ouvrière et accompagnée d'une lettre très touchante : « Permettez à une ouvrière de vous offrir une couronne pour vos chers morts. Bien faible hommage de mon admiration pour vous. C'est mon travail. Daignez l'accepter. Cela me portera chance. Une lectrice du Rappel. C.F. ».

J'ai dîné avec les petits et certains de leurs camarades de jeu. Après ils ont joué dans le salon, et comme je les grondais un peu, la petite Jeanne m'a conseillé d'avoir soin de ma popularité en ces termes : « Ne gronde pas ceux qui t'aiment ».

Paris, 21 rue de Clichy, le 8 janvier 1876.

Recueil de notes.

J'ai vu aujourd'hui dans l'omnibus, une pauvre vieille femme tout en deuil et qui pleurait. J'ai prié pour elle et j'ai supplié de prendre en pitié cette douleur et ce malheur.

Le 27 janvier, on a dîné avec Gambetta, Jacques Spuller et d'autres. La petite Marthe Féval, trois ans, n'étant pas sage à table, la petite Jeanne lui a dit : « Marthe, Monsieur Victor Hugo te regarde ! ». Gambetta a ajouté : « C'est le mot des Pyramides dit par un enfant de six ans à un autre de trois ans ».

Le 30 janvier, je suis maintenant sénateur. Je vais militer pour l'amnistie pleine et entière.

Le 6 mars, le scrutin de la nouvelle chambre des députés marque la défaite des royalistes. Une majorité de républicains a été élue. À Paris, une seule circonscription conservatrice sur vingt-cinq. Les vaincus de la Commune sont vengés.

Le 4 avril, j'ai vu pour la première fois, Dupanloup, cet évêque élu député du Loiret et qui est un de mes ennemis acharnés. Je serai le suppôt de Satan pour mes doctrines libérales et ma politique républicaine. Nez crochu, face rouge, air furieux, conforme à l'idée que je m'en faisais.

Le 11 août, j'ai déjeuné chez Monsieur Floquet, avec d'autres personnalités de gauche. Louis Blanc nous a lu le manifeste qu'il vient de faire au nom des députés de l'Union Républicaine.

Le 6 octobre, la guerre semble imminente entre la Serbie et la Turquie.

Le 1er novembre, une députation de Paris est venue me demander de répondre à l'étrange discours de Gambetta. Il indique que ceux qui veulent une amnistie totale sont dupes de leurs sentiments et trahissent à leur insu la cause qu'ils veulent servir. Je ne vais pas y répondre, j'aurai l'air de me défendre et je ne me défends jamais.

Le 12 décembre, Jules Simon prend la présidence du
conseil. Il aura fort à faire avec Mac-Mahon comme
président.

Paris, 21 Rue de Clichy, le 16 mai 1877.

– Paul Meurice, es-tu certain de tes informations ?

– Oui, mon ami, il a envoyé une lettre à Jules Simon, elle sera publiée dans le Rappel demain. Il lui reproche de vouloir faire abroger la loi contre la liberté de la presse, votée il y a deux ans par l'ancienne assemblée. Il lui dit qu'il devait la combattre et s'étonne qu'il n'ait pas de pouvoir sur les députés ! Il exige la fermeté et lui demande des explications. Jules Simon a évidemment présenté sa démission et celle de ses ministres.

– Mais, il n'a pas été mis en désaveu, ni par le Sénat, ni par l'Assemblée !

– Non, mais il a été mis en désaveu par Mac-Mahon et cela semble suffire. Celui-ci aurait dit en acceptant cette démission qu'il était un homme de droite et qu'il ne pouvait plus marcher ensemble. Il ne voulait pas être sous les ordres de Gambetta.

– Qui va remplacer Simon ?

– De Broglie, une vieille connaissance à nous.

– Ce monarchiste, adepte de l'ordre moral ! Quelle est la réaction de la Chambre ?

– Gambetta va faire voter demain une motion pour refuser la confiance au nouveau gouvernement.

Paris, 21 Rue de Clichy, le 19 mai 1877.

– Alors, Paul, les nouvelles ?

– La motion est passée. La confiance est refusée. Mais Mac-Mahon a donné à lire un message aux deux assemblées et a ajourné leurs travaux pour un mois. Tous les républicains des deux Chambres se sont réunis à Versailles et ont signé une déclaration des gauches. Ils s'insurgent contre la politique de réaction.

– C'est un nouveau coup d'État ! Cette suspension d'un mois va lui permettre de rédiger le décret pour dissoudre l'Assemblée, et la faire voter par le sénat où il dispose encore de quelques voix de majorité[136]. Ensuite, il fera voter ce qu'il veut. Il faut que je reprenne mon livre, « l'Histoire d'un crime », il faut que je le corrige, que je le complète, que je le publie rapidement.

---

[136] La majorité conservatrice est de 151 contre 149 à l'opposition.

– La campagne électorale est ouverte Paul !

– Oui, et je crains qu'elle ne soit la plus agitée que nous ayons connue. Le ministre de l'Intérieur a déplacé les préfets et les hauts fonctionnaires qui ne sont pas des partisans de Broglie. On a révoqué des maires. On multiplie les appels et les manifestes avant même l'ouverture officielle. Et ton livre ?

– Il est prêt, je corrige les dernières épreuves, il sera publié dans quelques jours, il sera un manifeste plus puissant encore que tous ceux de Mac-Mahon. En voici la préface :

« Ce livre a été écrit il y a vingt-six ans, à Bruxelles, dans les premiers mois de l'exil. Il a été commencé le 14 décembre 1851. C'est le hasard qui par un enchevêtrement de travaux, de soucis et de deuils a retardé sa parution, jusqu'à cette étrange année 1877. En faisant coïncider avec les choses d'aujourd'hui, le récit des choses d'autrefois, le hasard a-t-il une intention ? Nous espérons que non ! Ce livre est plus qu'actuel, il est urgent, je le publie ».

Paris, 21 Rue de Clichy, le 19 novembre1877.

– De Broglie a démissionné !

– Alors Paul, il va dissoudre de nouveau l'assemblée, car les élections ont confirmé la République. Le parti de l'Union Républicaine garde la majorité.

– Non, il n'aura pas le concours de la Chambre Haute, le président du Sénat l'a refusé. Il va essayer de former un autre ministère, mais cela sera difficile et l'Assemblée refusera de nouveau la confiance.

– Alors, que va-t-il se passer ?

– Mac-Mahon n'a plus les soutiens nécessaires, et ses affidés sont des ombres sans relief. Ton livre a eu un impact considérable. J'ai appris que le premier jour de sa diffusion, il a été vendu 22 000 exemplaires avant midi, plus de 150 000 à ce jour. Le prix de vente à deux francs a permis sa diffusion partout.

– Oui, je pensais faire le réquisitoire de l'accusation contre le coup d'État de 1851, il est devenu la plaidoirie de la défense de la République de 1877. C'est mieux, il a attendu plus de 25 ans avant sa publication, je sais maintenant pourquoi, la destinée m'a guidée.

Paris, 21 Rue de Clichy, le 14 décembre 1877.

– Enfin, il reconnaît sa défaite, mes amis.

– Oui, et en partie grâce à toi. Il a adressé une lettre au parlement. Cela sonne la retraite en rase campagne. Je t'en lis un passage : « La Constitution de 1875 a fondé une République parlementaire en établissant mon irresponsabilité, tandis qu'elle a institué la responsabilité solidaire et individuelle des ministres. Ainsi sont déterminés nos devoirs et nos droits respectifs. L'indépendance des ministres est la condition de leur responsabilité. Ces principes, tirés de la Constitution, sont ceux de mon gouvernement». Il se répond lui-même à sa lettre du 16 mai. Jules Simon doit être content. On a écrit dans le journal de nouveau un article sur ton « Histoire d'un crime ». Ton éditeur Calmann Lévy nous a dit qu'il se vendait encore 10 000 exemplaires par jour.

– Oui, il me dit que le tirage ne suffit plus, toutes les librairies le réclament et pas seulement à Paris, dans tous les départements. Je voulais sortit le second volume pour la date du 2 décembre, mais, les épreuves ne seront pas prêtes, cela sortira au début de l'année prochaine[137].

---

[137] Le 14 mars 1878. Le rappel signala la sortie pour le 20 mars de l'édition populaire à deux francs.

Paris, 130 rue d'Eylau, le 28 août 1879.

Recueil de notes.

Aujourd'hui, nous partons pour Veules, le village où Paul Meurice possède une demeure en Normandie. Arrivé au soir, il pleut. Les paysages sont magnifiques, les nuages disparaissent enfin, le soleil couchant se montre. Je vois la mer.

Le 2 septembre, la fanfare municipale a voulu me donner un concert, mais le maire bonapartiste du village s'y est opposé. Alors, ils sont venus sur le rivage devant ma fenêtre et ont joué la *Marseillaise* et le *Chant du départ*.

Le 11 septembre, je suis allé sur le tombeau de ma fille Léopoldine et de ma femme Adèle. Sur celui de ma fille enterrée avec son mari, je vois une inscription « De profondis clamavi ad te[138] ». Sur celui-ci de ma femme, il est écrit « Adèle, femme de Victor Hugo ». J'ai fait une prière, ils m'entendent, je les entends.

Le 1 er novembre, j'ai reçu encore cette année une couronne pour Charles et François-Victor, toujours la même

[138] Des profondeurs, je crie vers toi.

personne, anonyme. Mais je connais maintenant son nom.
Pressé par nous, le porteur a donné son nom, Madame
Clémence Florentin, au 5 rue des Trois-Frères.

Paris, 130 avenue Victor Hugo, le 27 février 1881.

Recueil de notes.

Ils ont défilé devant mes fenêtres, des milliers de personnes pour fêter mes 80 ans. Il y avait des ouvriers bien sûr, mais aussi des écoliers, cela m'a fait plaisir. Ils ont rebaptisé la rue à mon nom. Je n'en demandais pas tant.

Le 25 février 1884, j'ai fait un discours au Sénat, ou je vais le faire, je ne me souviens plus, je rêve souvent. « La France libre veut les peuples libres. Ce que veut la France, ce que la France demande, elle l'obtiendra. Et de l'union des libertés dans la fraternité des peuples, naîtra la sympathie des âmes, germe de cet immense avenir où commencera pour le genre humain la vie universelle et qu'on appellera la paix de l'Europe. La République affirme le droit et impose le devoir ».

Paris, 130 avenue Victor Hugo, le 15 mai 1881.

Recueil de notes.

Le 15 mai 1885, je suis malade, congestion pulmonaire a dit le médecin...

Le 18 mai, aimer, c'est mourir.

Le 22 mai,

– Paul, as-tu entendu ces derniers mots ?

– Oui, Auguste, je les ai entendus : « C'est ici le combat du jour et de la nuit...je vois de la lumière noire ».

Paris, 130 avenue Victor Hugo, le 1er juin 1885.

– Paul, nous avons respecté ces dernières volontés, il sera dans le corbillard des pauvres.

– Oui Auguste, mais je ne sais pas s'il aurait aimé ces obsèques nationales. Pour lui, on a créé le Panthéon. Notre jeune République a transformé cette église Sainte–Geneviève pour accueillir les hommes tels que lui.

– On dit que deux millions de personnes sont venues lui rendre hommage en défilant devant le catafalque sous l'Arc de Triomphe.

– Je ne sais pas s'il restera l'écrivain français le plus célèbre après sa mort, mais il restera l'écrivain le plus populaire de son vivant.

FIN

Annexe 1 : Pourquoi « Histoire d'un crime » ne fut pas achevé en 1851.

Victor Hugo écrivit en quelques semaines le livre, puis le laissa reposer et écrivit contre Louis Bonaparte, « Napoléon le Petit » et les « Châtiments ». Peu d'écrits de sa main expliquent les raisons. On peut cependant noter qu'il ne s'interdisait pas de la publier un jour, même si l'urgence de décrire les faits historiques était moins importante après 1852. Le pamphlet et surtout les poèmes firent plus de mal à l'Empire que les récits historiques du coup d'État paru entre-temps par des exilés. En 1877, l'édition rapide du livre pour combattre le coup d'État en préparation eut un effet immédiat, la République était sauve. Sans ce livre, que serait devenue la République française ?

Annexe 2 : Les amis d'exil de Victor Hugo.

Camille Berru.

C'est un journaliste français, qui a participé aux journées de décembre 1851, condamné au bagne, il arrive à s'enfuir et à se réfugier à Bruxelles.

Avant les évènements, il est le rédacteur dans le journal « L'évènement» de Victor Hugo et de ses deux fils, dont il est l'ami. Il participe au journal belge, « L'indépendance ». Il rend visite régulièrement à la famille Hugo, en Belgique puis dans les îles anglo-normandes. C'est à son domicile à Bruxelles que meurt Adèle Foucher, Madame Hugo, en 1868.

Auguste Vacquerie.

Ami de Paul Meurice avec qui il a fait ses études à Paris, il pousse un jour la porte de Victor Hugo dans sa demeure de la Place Royale et lui apporte un poème.

Victor Hugo l'invitera souvent chez lui et il deviendra un intime. Le frère Charles Vacquerie s'éprend de la fille aînée du poète, Léopoldine Hugo et ils se marient en 1843, quelques mois avant leurs morts tragiques dans un accident. Il participe ensuite au journal le Rappel, fondé par les fils Hugo après la fin de leur exil en 1869. Sa tombe est à

Villequier près de son frère, de Léopoldine Hugo et d'Adèle Foucher.

Paul Meurice.

À dix-huit ans, il rencontre Victor Hugo, devient son ami et le rédacteur en chef du journal « L'évènement ».

Il est emprisonné avec Charles et François-Victor Hugo à la conciergerie pour ses articles. Il est le représentant des intérêts financiers et littéraires de son ami Hugo durant les années d'exil. Il écrit des romans et devient l'un des « nègres » de Dumas. Il adapte pour le théâtre, les romans « Notre-Dame de Paris », « Les misérables » et « Quatrevingt-treize ». Il participe au journal « Le Rappel » avec les fils Hugo. Il est nommé avec son ami Vacquerie exécuteur testamentaire à la mort du poète en 1885.

Pierre-Jules Hetzel.

Dirigeant d'une maison d'édition avant le coup d'État, et fervent républicain, il doit fuir à Bruxelles et poursuit son travail d'éditeur.

Il publie les « Châtiments ». Il rentre en France après l'amnistie, publie Baudelaire, Proudhon, Perrault, Jules Verne. Il sera l'un des confidents de Victor Hugo durant son exil.

Bibliographie, Référence, Essais, et Œuvres.

– Épisodes des journées de juin 1848, F. Pardigon, 1852.

– Histoire d'un crime manuscrit 1852, Victor Hugo.

– Histoire d'un crime, édition originale 1877, Victor Hugo

– Histoire d'un crime avec la préface de Jean-Marc Hovasse

– Ce que c'est que l'exil, Victor Hugo, 1875.

– Le revers d'une médaille, Camille Berru, 1860.

– Napoléon le petit, Victor Hugo, 1852.

– Choses vues, œuvres inédites de Victor Hugo, 1888.

– Organisations ouvrières 1848-1850, Robert Balland, 1963.

– Paris en décembre 1851, Eugène Ténot, 1868.

– La résistance au coup d'État du 2 décembre 1851, Montbrison, Claude Latta.

– Le cochon de Saint Antoine, Charles Hugo, 1858.

– Les contemplations, Victor Hugo, 1856.

– Œuvres inédites de Victor Hugo, Choses Vues, Victor Hugo, 1888.

– Organisation ouvrière et restriction du suffrage universel, 1848-1851, Robert Balland, 1963.

– Profils et grimaces, Auguste Vacquerie, 1857.

– La Bohême dorée, Charles Hugo, 1858.

– La vie de Victor Hugo raconté par un témoin de sa vie. Adèle Hugo, 1863.

– Lettres et protestations sur l'amnistie du 17 août 1859, Imprimerie de Lausanne, 1859.

Dépôt légal janvier 2019, ISBN : 979-10-94133-12-5

JMB EDITIONS

Couverture © **Matthias Becquet**

Prix 9,90€